KB265467

100년을 이어온 꼬럼으로
닆과 함께
복지의 내일을 그리겠습니다.

감사합니다.

복지의 내일을
그리다

100년을 이어온 고집

복지의 내일을 그리다

정 석 왕

도서출판 도훈

지나온 삶을 돌아보며
디카에세이와 디카시를 썼습니다.
틈틈이 쓴 글을 모아
한 권의 책으로 묶고 보니
그리운 것 천지입니다.

감사하고
사랑합니다.

2023년 겨울,
제주에서

차 례

1부 잃어버린 양을 찾아서

안테나 · 11

잃어버린 양을 찾아서 · 25

원가족여행 · 37

한고비를 넘으니 또 한고비가 온다 · 45

아버지의 유산 · 57

한 가지에서 난 열매 · 69

무조건 무조건이야 ♬~ · 81

어느 날 갑자기… · 87

정 선생~, 정 선생~ · 95

나의 어머니, 윤청미 · 99

진남포에 사회복지시설을 건립하고 싶어요 · 109

봉사하는 삶 · 117

외상후스트레스 · 129

유달산 자락에 깃든 사랑 · 137

나는 왜 이 일을 하는가! · 143

2부 내일을 그리다

양계장 모임 · 153

공생원 설립 95주년 · 163

윤학자 여사 탄생 111주년 · 171

우리도 남반구로 이사 가요 · 181

인권단체인가 이권단체인가? · 187

스마트복지 · 193

헤겔의 '정반합'의 원리 · 201

천사는 여기 다 있어요 · 207

애들아~ 어디 숨어 있니?? · 213

인구가 줄어서 가구도 안 팔려요 · 219

1부
잃어버린 양을 찾아서

안테나

얼마 전 슈퍼 블루문이 떴다. 달이 공전 궤도에서 지구와 가장 가까운 지점에 도달할 때 관측되는 달을 슈퍼문이라 하고 보름달이 한 달에 두 번 뜰 때 두 번째로 뜨는 보름달을 가리키는 블루문이라고 한다. 슈퍼 블루문은 슈퍼문과 블루문을 합친 말이다.(네이버 지식 검색 참조) 블루문은 윤달과 주기가 같아 2년 8개월에 한 번 찾아오지만 이번 슈퍼 블루문은 14년 후에나 다시 볼 수 있다고 한다. 오늘 밤 저 달을 보지 못하면 14년이나 기다려야 한다고, 그러니 오늘 꼭 봐야 한다고 매스컴에서 또 호들갑을 떨었다. 별이고 혜성이고 달이고, 꼭 봐야 할 것들이 왜 이리 많은지 모르겠지만 그날 달은 참 크고 밝았다. 슈퍼 블루문은 달이 지구와 가장 멀리 있을 때보다 보이는 크기는 14% 더 크고, 밝기는 30% 더 밝다고 한다.

슈퍼 블루문

그날 밤 톡방에 달 사진이 몇 장 올라왔다. 서로 다른 지역에 사는 분들이 멋있는 달 사진을 올려주었는데 유독 한 사진이 눈에 들어왔다. 연한 구름 사이로 올라온 달, 그 달빛 아래, 지붕 위로 올라온 안테나였다. 요새는 안테나를 보기가 참 어려운데 말이다.

나는 서울 반포초등학교를 다녔다. 아버지는 그때 직업훈련원을 운영하고 계셨다. 그러다 어머니가 다시 공생원을 맡아 운영하게 되면서 우리 가족은 목포로 내려가게 되었다. 목포와 공생원의 모든 것이 나에게는 낯설었다. 이제 막 까까머리 중학생이 된 나에게는 너무나 갑작스럽게 바뀐 환경이었다. 서울 아이들에 비해 목포 아이들은 거칠었다. 공생원에서는 사택에 살았는데 공생원에 있는 원생들 중에는 같은 반 아이도 있었다. 거친 사투리도 그랬고 정돈되지 않은 마을이나 공생원, 내가 살았던 허름한 사택도 적응하기 쉽지 않았다.

나를 시기하고 질투하는 아이들도 있었다. 내가 하는 행동들을 이유 없이 싫어했다. 나를 자극하려고 비아냥거리는 말투는 나를 성가시게 했다. 반면에 나를 잘 대해주는 아이들도 있었다. 갑작스럽게 바뀐 환경을 핑계로 부모님에게 반항할 만도 했지만 나는 그러지 않았다. 그러려니 하고 받아들였던 것 같다. 서울과 비교도 할 수 없는 척박한 환경이었지만 그것이 내 부모님의 삶이고 내 삶이라는 것을 일찍이 받아들였는지 아니면 천성이 어머니를 닮아 유순해서 그랬던 건지는 모르겠다. 지금 그 시절을 되돌아보면 모나지 않게 적응한 것이 참 다행스러웠다는 생각이 든다. 공생원 아이들과는 큰 사고 없이 잘지냈다. 여름에는 아이들과 주로 수영을 하며 놀았고 탁구도 자주 쳤다.

공생원에서 함께 봉사하시던 분들은 내 형에게는 큰아들이니까 '좋다야'라고 불렀고 나는 둘째 아들이니 '됐다야'라고 불렀다.

고아원의 인연은 후대로 대물림 된다. 그때 친구 중에는 형제처럼 가깝게 지낸 사람도 많았다. 그런데 그들이 부모님처럼 의지하던 나의 부모님이 돌아가시고 의지할 때 없어진 그들은 나에게 와 친형제가 되었다. 지금도 연락이 되는 그때 친구들이 많다. 그들과 만나거나 소식을 전해 들을 때면 감회가 새롭고 나보다 더 내 부모님을 그리워하는 그들을 볼

목포 공생원

때마다 가슴이 찡하고 울린다. 그럴 때마다 '나도 과연 내 부모님처럼 헌신적으로 살 수 있을까?' 나 자신을 돌아보게 된다. 누군가를 돕겠다고 그들에게 손을 내밀 때마다 내 손이 늘 부끄럽기만 하다.

중학교 때인 거 같다. 어느 날 저녁 텔레비전을 보고 있는데 바람이 많이 불어서 그랬는지 화면이 고르게 나오지 않았다. 그때는 지금처럼 인터넷 선이 아닌 안테나라는 장비를 이용해서 텔레비전을 시청했다. 집집마다 가장 높은 곳, 그러니까 지붕이나 옥상에 안테나라는 것을 달고 그것으로부터 신호를 받아 집 안에 있는 텔레비전과 연결하여 시청하였다. 비가 많이 오는 날이나 바람이 많이 부는 날이면 화면이 흔들리면서 '지지직'거렸다. 그날도 텔레비전이 잘 나오지 않자 아버지는 나를 불렀다.

"석왕아~, 안테나 좀 보고 와라."

이럴 때면 으레 아버지는 나를 불러 지붕으로 올려보냈다. 밖은 어두웠다. 사다리를 끌고 와 벽에 기대고는 지붕으로 올라갔다. 팔을 뻗어 간신히 안테나에 닿을 만큼만 사다리를 올라갔다. 특별한 방향은 없다. 오른쪽 아니면 왼쪽. 많이 돌리거나 조금 돌리거나. 나는 안테나를 조금 돌리고 나서 큰 소리로 말했다.

"아버지, 잘 나오나요?"
"조금 더 돌려봐."

나는 텔레비젼 화면을 볼 수 없으니 화면이 잘 나오는지 잘 안 나오는지 알 수가 없었다. 그냥 아버지 말에 오른쪽으로 돌렸다가 왼쪽으로 돌렸다가, 조금 돌리기도 하고 많이 돌리기도 했다. 그러다 아버지가 "됐다. 잘 나온다." 하면 텔레비젼을 보고 싶은 마음에 얼른 사다리를 내려와 집 안으로 쏜살같이 들어가곤 했다. 한번은 형이 집에 있고 내가 지붕에 올라가 안테나를 돌리는데 아무리 돌려도 텔레비젼이 잘 나오지 않는 것이었다. 나는 형의 말대로 오른쪽으로 돌렸다가 왼쪽으로 돌렸다가 끙끙거리며 반복했는데 텔레비젼이 여전히 안 나온다는 것이다. 힘들게 안테나를 이리저리 돌리면서 이상하다고 생각했는데 방 안에서는 형과 누나들이 재밌다며 낄낄거리고 있었다. 형과 누나들이 나에게 장난을 친 거였다.

그날도 안테나를 손보고 있었는데 달이 밝았다. 평소보다 달이 밝았던 기억이 난다. 그때는 블루문이니 슈퍼 블루문이니 하는 그런 말은 몰랐다. 그냥 달이 밝았다.

"석왕아, 잘 나온다. 이제 내려와라."

아버지의 말을 듣고 나는 사다리에서 내려왔다. 그때 그 달도 슈퍼 블루문이지 않았을까.

살아오면서, 또 사회복지시설을 운영하면서 뭔가를 선택해야 하는 경우가 많았다. 그때마다 며칠씩 고뇌하고 잠을 설친 적도 많았다. 물론 후회한 적도 많았다. 뭔가 허전한 것을 느꼈고 꽉 채워지지 않은 느낌이 들었는데 난 한동안 그것이 무엇인지 몰랐다. 그런데 이 한 장의 사진을 보고 깨달았다.

'아, 나는 아버지의 목소리가 그리웠구나.'

"아버지, 이렇게 하면 될까요?"
"어 그래, 그렇지. 잘 하고 있구나. 내 아들."

안테나를 움직이던 아버지의 목소리는 내 인생의 방향등이었다. 아버지와 함께 보낸 43년의 세월 동안 아버지는 말과 행동으로 나를 가르치셨다.

무언가를 결정해야 했던 순간들, 나는 내가 스스로 고민하고 결정했다고 생각했는데 그건 오랜 교육과 훈련에서 비롯된 본능적인 선택이었다.

지금 앞이 막연한 상태에서 나는 또 무언가를 결정해야 한다. 내 생각과 판단이 맞는 것인지, 난 무엇을 근거로, 어떤 자신감으로 이런 결정을 내렸는지 곰곰히 생각해보는 시간이 요즘에는 길어지고 있다. 어느 때보다도 아버지의 명쾌한 답이 그립다.

나 자신에게 되묻는 질문들, 하지만 내가 내린 판단이나 내가 선택한 것들은 아버지에게 또 형과 누나들에게 배운 방식이라는 것을 깨닫게 되었다.

안테나 사진을 보고 있으니 사다리를 찾아 지붕 위로 올라가고 싶은 생각이 든다. 안테나를 오른쪽으로 조금 돌리면,

"그래, 우리 아들. 잘하고 있구나."
하는 아버지의 목소리가 들릴 것만 같다.

그때, 그 달빛에 들려오던 아버지의 목소리가 그립다.
나는 사진을 올린 찬영 씨한테 전화했다.

"찬영 씨, 어제 올린 사진이 너무 좋았어요."

"회장님, 사진을 보니 시심이 떠오르셨나봐요?"

"어, 그러게. 어제 시 한 편 썼네. ㅎㅎ. 이 사진 내가 디 카시에 좀 쓸게. 나중에 식사나 한번 하자고."

"네, 얼마든지 사용하세요."

사진을 한 장 얻었다. 그리고 좋은 기억 하나가 되살아 나 오늘 하루가 행복했다.

안테나

달빛 너머 들려오는 아버지의 목소리

"그래, 잘하고 있다."

내 마음 꽉 채우는

그리운 달빛

잃어버린 양을 찾아서

일부 사람들은 '탈시설'을 이야기한다. 시설에서의 문제점을 빌미로 탈시설을 주장하는 사람들은 장애인의 실제 생활을 모르거나 모르는 척하는 것 같다. 자신들의 이익을 위해 다른 사람의 사정을 무시하는 무책임한 말이다.

시설에 오는 장애인들은 어떤 사람들일까? 우리는 왜 그들이 시설을 이용할 수밖에 없는지 생각해 보아야 한다. 몸이 불편한 장애인도 그렇지만 뇌병변 장애인들을 생각해 보자. 장애인의 대부분은 그 부모가 책임을 지고 돌본다. 아이가 어렸을 때야 몸집도 작고 부모가 어느 정도 돌볼 수 있으니 함께 생활할 수 있다지만, 아이가 성인이 되면 사정이 달라진다. 중증발달장애인들은 스스로 감정 조절을 할 수 없어서 힘 조절이 안 되는 경우가 많다. 그러다 보니 보통 성인들보다 힘이 센 편이다. 한 사람을 돌보려면 2~3명의 성인이 매달려야 하는데 그런 일을 부모 중 한 사람이 홀로 담당할 수가 없다. 몸이 불편한 장애인은 또 어떤가? 어렸을 때는 부모가 번쩍 들어 옮길 수 있었다. 하지만 성인이 된 장애인을 늙은 부모는 더 이상 번쩍 들어 올릴 수 없을뿐더러 부축하기도 힘들다. 결국 부모들은 극복할 수 없는 물리적 한계에 다다라서야 시설로 찾아온다. 그런데 이미 시설은 인원이 가득 차 더 이상 입소자를 받을 수 없는 상황이다.

몇 년 전 한 분이 찾아와 아들의 시설 입소를 상의했다. 자세히 이야기를 듣지 않아도 그 어머니의 얼굴에서 본인이 더 이상 버틸 수 없는 한계에 직면했음을 알 수 있었다. 그동

시설 이용인의 생일 축하 파티

안 얼마나 어려운 시간을 버텨 왔을까? 오래전 품은 희망은 세월 앞에, 그리고 현실 앞에 처참히 무너지고 만다. 그런데 그분이 원하는 속 시원한 답을 해드릴 수 없었다. 이미 시설의 인원은 꽉 차 있었고 대기자도 여럿 있었기 때문이다. 그 어머니는 변변한 답을 듣지 못하고 돌아서서 나가셨다. 그때 흔들리던 그 어깨를 나는 지금도 잊을 수가 없다. 세상 무거운 짐으로 축 처진 어깨. 한 숨 한 숨 내쉴 때마다 어깨는 더 처지는 것 같더니 얼마 가지 못해 어깨는 훌쩍이고 있었다. 그날, 온종일 그 어깨를 떨쳐버릴 수가 없었다. 그날 밤 나는 결심하게 되었다. 이대로는 안 되겠다는 생각도 들었고 더 이상 미뤄서도 안 될 것 같았다. 내가 장애인복지시설협회에 나가서 더 큰 꿈을 펼치게 된 것은 바로 그 어머니의 어깨 덕분이다. 이런 분들을 시설에서 받아들이지 못하면 어떻게 될까? 단순히 그분들의 비극으로 끝나는 것이 아니라 우리의 비극으로 끝나게 될 것이다. 나와는 상관이 없다고 어떻게 자신할 수 있는가. 우리는 일반인이 아니라 비장애인이다.

예전에 양희은이 부른 「작은 연못」이라는 노래가 있었다.

깊은 산 오솔길 옆 자그마한 연못엔/ 지금은 더러운 물만 고이고 아무것도 살지 않지만/ 먼 옛날, 이 연못엔 예쁜 붕어 두 마리/ 살고 있었다고 전해지지요. 깊은 산 작은 연못

어느 맑은 여름날 연못 속에 붕어 두 마리/ 서로 싸워 한 마리는 물 위에 떠오르고/ 여린 살이 썩어 들어가 물도 따라 썩어 들어가/ 연못 속에선 아무것도 살 수 없게 되었죠
_김민기, 양희은 – 「작은 연못, 1972」 부분 인용

이런 가사의 노래이다. 우리는 서로 다른 영역에서 살아가는 것 같지만 그렇지 않다. "저런 것은 나와 상관없으니 괜찮다" 싶겠지만 그렇지 않다. 누군가의 문제는 곧 내 문제로 돌아온다. 힘도 없고 사람 수도 적고 표도 안 되는 사람들이지만 그들을 위해 약자 복지를 생각해야 하는 이유이다.

사회가 핵가족화되어가고 개인주의 사회가 되어가면서 가족관계가 취약해지고 있다. 이제 돌봄은 가족의 몫이 아닌 사회의 몫이 되어가고 있다. 그래서 사회적 돌봄 시스템을 갖춰 놓지 않으면 우리 사회는 돌이킬 수 없는 혼돈에 빠져들 수 있다.

성경에 보면 잃어버린 양의 비유가 나온다. 양을 치던 목자는 어느 날 양 한 마리가 없다는 것을 알아차린다. 그는 99마리의 양을 놔두고 길 잃은 한 마리의 양을 찾아 나섰다. 사라진 양은 벼랑 끝에 매달려 있었는데 다행히 목자가 양을 구해 돌아온다는 이야기이다. 혹자는 이 이야기를 듣고 목자는 왜 99마리 양을 버리고 1마리 양을 찾아 길을 나섰냐? 그러다 99마리에게 무슨 문제라도 생기면 어쩌냐? 한 마리를 버리고 99마리 양을 지켜야 하는 것 아니냐? 어떻게 보면 일리 있는 말이다. 말 잘 듣는 99마리만 있어도 되는 거 아닌가? 한 마리 양 때문에 모험할 필요는 없지 않을까? 한 마리 정도는 우리 사회를 위해서 희생할 수도 있는 것 아닌가? 지금 우리의 생각이 이렇다. 이것이 보다 합리적이라고 말하고 있다.

목자는 왜 자리를 비우는 위험을 감수하면서 잃어버린 양을 찾아 떠나야 했을까? 사실 99마리의 양은 목자가 필요 없을지도 모른다. 성실했고 각자의 책임을 다했으리라. 그러니 어떻게 보면 99마리 양의 집단은 모범적이고 질서가 있는 집단이어서 안정되어 보인다. 목자가 잠시 자리를 비워도 아무 문제가 없을 것이다. 그러나 목자가 잃어버린 양을 찾아 떠난 이유는 99마리의 양으로는 온전한 사회를 갖출 수 없었기 때문이다. 길 잃은 한 마리의 양이 우리에 들어와야 완전한 사회가 되는 것이다. 대부분 사람은 99마리의 양만으로도 충분하다고 생각할 것이다.

이 글을 읽는 당신도 이 사회를 안전하게 유지하기 위해서는 한 마리의 양 정도는 포기하는 것이 대의라고 생각할 것이다. 하지만 그렇지 않다. 그 한 마리의 양으로 우리 울타리는 불안해지고 혼돈에 빠져들 것이다. 나중이 돼서야 한 마리 양을 찾지 않은 것이 큰 실수였다는 것을 알게 될 것이다. 그러나 그때는 이미 늦었다. 우리는 사회를 안정시키기 위해 더 큰 손실을 볼 것이고 최악에는 사회가 불안한 상태로 오래도록 머물지도 모른다.

텔레비전 오락 프로그램에 출연자들이 나와서 게임을 한다. 게임에서 지면 벌칙이 있다. 벌칙은 좀처럼 감내하기 어려운 것들이다. 까나리액젓을 마신다든가 야외 취침을 한다든가 아니면 한겨울에 강에 입수한다든가 그런 것들이다. 그 벌칙들은 나는 결코 하고 싶지 않다. 유명 연예인 출연진들도 내키지 않는 일들일 것이다. 그러나 그들은 프로그램을 위해 게임을 해야 한다. 그러면서 외치는 말, "나만 아니면 돼!" 과연 당첨된 사람은 누구일까?

목자는 알았던 것이다. 울타리 안에 있는 99마리 양만큼 잃어버린 한 마리 어린 양도 소중했다는 것을 말이다. 그래서 99마리의 양을 놓고 모험을 한 것이다. 어차피 잃어버린 한 마리의 양을 찾지 못한다면 우리도 곧 무너지리라는 것을 알았기 때문이다. 아마 목자의 일생일대 모험이었을지도 모른다.

그 길 잃은 어린 양은 바로,

"당신이다."

당신입니다

길을 잃으셨군요

자세히 보세요

지금 어디로 가고 있는지

원가족여행

아랫집 큰아이가 장애인이었다. 10살 정도 되는 여자아이였는데 아기일 때 낮잠을 자고 일어났는데 엄마가 옆에 없자 경기驚氣*를 했다. 아기 엄마가 잠시 옆집에 다녀왔을 때 일이었다.

그 일로 인하여 아이는 뇌병변 판정을 받았다. 부부는 고심 끝에 동생 두 명을 더 낳았다. 두 동생 중 한 명이라도 누나를 돌봤으면 하는 마음이었다고 했다. 7살, 6살 되는 남자아이들은 10살 누나를 끔찍이 돌봤다. 누나보다 키도 작은 아이들은 밖에서는 꼭 누나의 손을 잡고 걸어갔다. 자신들도 어렸으면서도 어린 동생을 데리고 다니듯 누나를 데리고 다녔다. 그 모습을 볼 때 나는 대견하다기보다는 눈물겨웠다.

---

* 경기驚氣: 어린아이에게 나타나는 증상의 하나. 갑자기 의식을 잃고 경련을 일으키는 일.

그 남매들은 지금쯤 어떻게 살고 있을까?

집안에 장애인이 있다면 어땠을까. 그런 집이 친구 중에 있다면 잘 알 것이다. 그 가족 전체의 삶이 어떨지를. 굳이 가까이에 그런 집이 없다 하더라도 많은 이야기를 들어서 대충은 알 수 있을 것이다. 드라마나 영화를 통해서 가족의 고통을 잘 알고 있을 것이다.

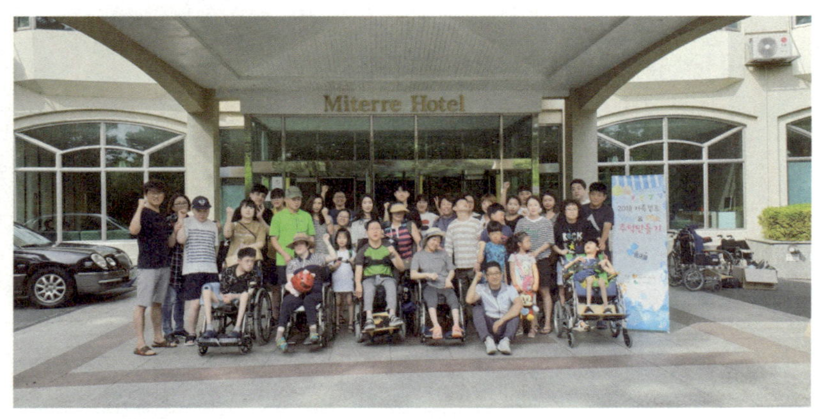

가족과 함께 떠난 원가족여행

앞에서 얘기한 경우와 반대로 막내가 장애인인 경우도 있다. 두 가지 경우의 차이는 뭘까? 대부분 첫째가 장애인인 경우 동생들은 끝까지 첫째를 돌보지 못하는 경우가 많다. 나의 경험으로는 확인한 바는 성장을 하면서 첫째 때문에 받는 고통이 컸다. 많은 부분을 첫째에게 양보해야 했고 부모님에게 많은 요구를 할 수 없었을 것이다. 그러면서 알게 모르게 스트레스가 쌓이고 그것으로 인해 장애를 가진 형제에 대한 한계치가 빨리 오는 것 같다. 두 번째 경우는 큰아이는 성장하면서 어느 정도 부모님께 사랑받고 그 받은 사랑으로 동생에게 베풀 수 있어 앞의 경우보다는 한계치가 늦게 오는 것 같다. 하지만 어느 경우이든 각자가 버틸 수 있는 한계치가 있다. 아무리 가족이고 부모라 하더라도 결국 그 한계치를 만나게 된다. 그러면 이후의 삶은 어떻게 될까?

가끔 뉴스에서 장애인을 돌보던 어머니가 장애인 자녀와 극단적 선택을 하거나 아버지나 어머니를 모시고 살던 가족이 한계치에 다다라 함께 삶을 마감하는 그런 뉴스를 보았을 것이다. 이제 더 이상 돌봄을 가족이나 개인의 몫으로 놔둘 수가 없다. 이들의 불행은 곧 사회의 안정을 위협하는 결과를 초래할 것이다.

시설 거주자들이 가족과 함께 원가족여행에 참여하고 있다.

얼마 전 시설에서 원가족여행을 기획하였다. 장애인과 1박 여행을 가는데 그건 매우 힘든 일이었다. 장애인 한 명당 2~3명의 자원봉사자가 필요했다. 그래서 생각해 낸 것이 장애인 가족과 함께 가는 것이다. 그러면 자원봉사자도 덜 필요하고 가족 간의 좋은 추억도 될 것으로 생각했다. 한편으로 걱정도 많이 했는데 예상과 달리 반응이 너무 좋았다. 장애인 가족 대부분은 평생 처음으로 하는 1박 여행이었다. 어떤 장애인의 누나는 앞으로 동생을 신경 써서 돌보겠다고 하면서 눈물을 흘렸다. 물론 장애인들도 가족과 함께하는 여행이어서 너무나 좋아했다. 시설에서는 이 일을 계기로 매년 원가족여행을 해오고 있다.

야외에서 원가족여행을 진행하고 있다.

우리가 가족과 외식하거나 휴일에 1박 여행 가는 것은 너무나 쉽고 간단하게 할 수 있는 일이다. 하지만 장애인 가족에게는 쉽게 할 수 있는 일이 아니다. 같이 외출을 한다는 것 자체가 단순한 일이 아니다. 혹자는 장애인이나 가족의 자존감 이야기를 한다. 자존감을 높여주면 삶의 질이 높아진다고 말하고 있지만, 그것은 어느 정도 삶의 질이 확보된 경우에나 가능한 말이다. 21세기 한국 사회에 삶과 죽음을 넘나드는 극빈층이 존재하냐고 묻는다면 우리 시설에 한 시간만 들러 보라고 말하고 싶다. 사회가 약자를 더 벼랑으로 몰아

가고 있다. 그들은 힘없는 약자니까.... 하지만 그들이 무너진다.

그렇게 장애인 가족들은 버티고 버티다가 장애인 시설의 문을 두드린다. 그런 그들에게 '탈시설'을 외치면서 장애인을 다시 집으로 데려가라는 것이 말이나 되겠는가?

소수의 힘없는 장애인들은 의견을 규합할 수 없고 그러다 보니 목소리가 작다. 누구도 관심 있게 보지 않는다. 그들은 표도 얼마 되지 않는다. 그러니 정치인들에게도 관심 밖의 사람들이다. 그들은 지금 이중고 삼중고를 겪고 있다. 장애인은 우리 사회의 잃어버린 양이다. 당신이 행복해지려면 이들을 먼저 돌봐야 한다.

지금의 복지는 한정된 예산에서 나눠 쓰고 있는 형편이다. 예산의 증가는 더디기만 하다. 그러다 보니 힘 있는 단체에 예산이 우선 분배되는 상황이다. 목소리 크고 아우성치는 곳에 예산이 먼저 분배된다면 이건 분명히 잘못된 것이다. 정치나 복지는 약자에게 더 치중해야 하지 않을까. 그래야 사회가 더 안정되고 행복해질 수 있다고 생각한다.

그래서 나는 "약자복지"를 외친다.

일방적 탈시설정책 반대 시위에서 부모회 지지 발언을 하고 있다.

한고비를 넘으니 또 한고비가 온다

무더위가 지나갔다. 마치 여름이 계속될 것이라고, 지구가 점점 더워져서 다 타 죽을 것이라고, 지구에 자연재난이 곧 올 것처럼, 해외 토픽에 소개되는 무시무시한 사건들을 열거하며 맹위를 떨치더니, 갑자기 아침저녁이 서늘해졌다. 더위에 지친 사람들이 이제는 살 것 같다고 하며 한시름 놓는 말들을 아침 인사로 나눈다. 출근하고 퇴근하는 길이 산뜻해졌다. 그런데 이제는 추위를 걱정해야 하는가? 한고비를 넘으니 또 한고비가 온다.

우리에게 퇴근이 있고 휴식이 있고 또 밤이 있다는 것이 얼마나 행복한가! 사람들은 하루의 일과를 마치고 집에서 보내는 시간이 얼마나 감사한지 모르는 것 같다. 그냥 하루 동안 쌓인 스트레스를 풀고 근무의 연장, 일의 연장선에서 투

덜거리며 보내는 것은 아닌지…

　　예전에 밭일을 도와주러 갔다가 해 지도록 일을 한 적이
있었다. 고구마를 수확했는데 일손이 부족했고 할 일은 너무
많아서 해가 빠지고도 계속해야 했다. 어두워서 더 이상 보
이지 않을 때까지 일했다. 잘 보이지 않으니 일하기가 어려
웠다. 주섬주섬 일을 마무리하고 내려오는데 밭 주인 할머니
가 한 말이 오래도록 내 가슴에 남아 있다.

　　"밤이 있어 참 고마워. 밤이 없었으면 어쩔 뻔했어!"

나는 처음에는 그 말이 무슨 말인지 이해하지 못했다. 밤이 오지 않았다면 쉴 수도 없다는 나이 든 농부의 말이었다.

장애인요양원 시설장으로 근무할 때는 퇴근 시간 후 야간에 더 많은 일이 일어났다. 기도폐쇄나 간질 등 응급환자가 발생하는 빈도가 잦았다. 화재나 안전문제 등 모든 사건은 밤에 일어났다. 관리 인원은 낮 시간보다 적고 순간순간 대처해야 할 일들은 더 많이 일어났다. 한마디로 나는 24시간 일에 매달려야 했다. 밤이 없었고 주말이 없었다. 중증장애인 대부분은 스스로 감정을 조절하지 못해 돌발적으로 과격한 행동이 발생하는 경우가 잦다. 그런 사람들을 돌보는 일은 여간 힘든 일이 아니다. 그래서 시설에 있을 때는 밤이 오는 것이 두려웠다. 또 오늘은 무슨 일이 일어날까? 어디서 어떤 문제가 생길까? 붉게 물든 노을을 봐도 아름다운 풍경을 감상할 여력이 없었다. 실제로 오랜 시간 시설에 머물면서 보았던 노을이 이렇게 아름답다고 느낀 것은 얼마 되지 않는다. 지금이야 출퇴근하니 '오늘도 무사히'라는 말이 생각나고 저녁 퇴근길에 아름다운 노을도 감상할 수 있다. 노

목포 공생원 아이들

을을 보면서 어떻게 시간이 흘러왔는지. 우리 부모님은 이런 것을 어떻게 버티셨는지 생각이 많아지기도 한다.

공생원에 아이들이 300명까지 있던 적도 있었다. 아이들이 학교에 갔다 오면 그때부터 공생원의 일이 시작된다. 할머니는, 부모님은 어떻게 그 많은 아이를 돌볼 수 있었을까? 나로서도 도저히 상상이 가지 않는다.

퇴근하였어도 시설 원장들은 휴대폰을 무음으로 하거나 꺼놓을 수도 없다. 잠잘 때도 가까운 곳에 두고 자야 한다. 시간을 다투는 응급한 상황이 언제 일어날지 모르기 때문이다. 한순간도 긴장을 늦출 수 없는 삶이다.

시설에 가족을 맡기는 분 중에는 민원으로 우리를 힘들게 하는 분도 있다. 처음에는 사정하고 자신의 짐을 덜어 놓게 되어 미안해하고 고맙게 생각하기도 한다. 그러다 무슨 문제가 생기면 우리를 적대시하고 보상을 요구하는 등 우리에게 공격적인 자세로 다가온다. 사실 확인이 안 되는 경우도 많아서 이래저래 종사자들이 마음을 많이 다치고 집단 스트레스까지 겪게 된다. 그때마다 사는 게 다 힘들어 그런가 보다 하고 이해를 하려고 해도 가슴이 많이 아프다. 인권 의식은 높아졌지만, 아직 현실은 그 의식 수준을 따라가지 못하고 있는 것이 지금 우리의 모습이 아닌가 싶다.

시설원장은 '모두의 을이다.'라는 말이 있다. 정부에게도, 담당 공무원에게도, 후원자에게도, 봉사자에게도, 시설 이용자의 가족에게도, 시설에 계신 분들에게도 그리고 시설 종사자에게도 시설원장은 다 을의 처지에 있다.

낮에는 서류와 민원으로, 밤에는 응급상황 대기로, 내게는 마음 편할 시간이 없다.

'시설 폐쇄'를 말하는 사람들이 있다. 나는 과연 그들이 시설에 있는 장애인들의 상황을 잘 알고 말하는 것인지 의심스럽다. 시설에 한번 와보고 1시간 아니 10분만 이들과 생활해 보고도 과연 그들이 주장을 계속할 수 있을까? 협회 일을 하면서 우리가 무엇을 해야 하고 어디로 나가야 할지 계속 준비하고 있다. 하루하루가 장애물 경기를 하는 것 같다. 장애물 하나를 넘으면 또 다른 장애물 하나가 나타난다. 이런 것들에 지칠 만도 한데 아직은 괜찮다. 버틸만하고 어떨 땐 내 승부욕을 꿈틀거리게 해 재미도 느낀다. 암벽타기를 하면서 줄 하나에 아슬아슬하게 매달려 있는 것 같다. 위태롭고 '이 줄이 끊어지면 모든 게 무너지는 거 아닌가?' 하는 생각도 들지만 나는 아버지에게 배운 대로 옳은 일을 하고 있다고 스스로 위로한다. 이제 이 불안하고 아슬아슬한 위태로움이 나는 오히려 즐겁다. 그러면서 나는 더 강해지는 것을 느끼고 있다.

사람들을 만나고 관련법을 검토하고 회의하고 찾아가고 그러면서도 멈출 수 없는 것은 우리가 하고자 하는 것들은 선택이 아닌 인간의 아주 기본이기 때문이다. 선택할 수

공생원 운동장에서. 맨 왼쪽 윤기 삼촌. 가운데가 큰누님이고 오른쪽 뒤가 외숙모이다.

있는 다른 대안은 없다. 그래서 더 간절한 것이다.

우리 형제들은 한 번도 명절이나 연휴에 만난 적이 없다. 아니 만날 수가 없다. 시설에서 큰 행사가 있어야 만날 수 있다. 명절이나 연휴에는 각자의 시설에 집중해야 하기 때문이다. 큰누나는 사단법인 국제한국입양인봉사회(InKAS)를 설립해서 일하고 있고, 작은누나는 일본 복지시설에서 일하다가 한국에 돌아와 목포공생복지재단 산하 기관에서 일하고 있다. 형은 기독교 목회자가 되셨지만, 교회를 통해서 사회복지기관을 운영하고 있다. 모두 부모님에게 받은 영향대로 각자 자신의 자리에서 최선을 다하고 있다. 그래서 우리는 별도의 가족 모임을 할 수가 없었다. 우리는 행사 가족이다. 곧 공생원에서 큰 기념행사가 있다. 그때 형제들이 한자리에서 만날 수 있어 기쁨이 두 배가 될 것 같다.

지금도 시설장으로 있었을 때의 마음을 잊지 않으려고 노력한다. 협회 일을 하면서 더 그때를 잊지 말아야겠다는 생각이 또렷해진다.

퇴근길에 노을이 지고 있다. 늦여름부터 노을이 더 붉어지고 있다. 어머니는 저 노을을 얼마나 자주 보셨을까? 몇 번이라도 제대로 쉬면서 저 노을을 보신 적이 있었을까? 노을을 보고 있는데 내 눈도 노을을 따라 붉어지고 있었다.

제주 밤하늘

분노와 울분과 설움이

태양처럼 붉다

모두 다 다독거리는

나의 어머니 같은 하늘이여!

아버지의 유산

내가 개인적으로 가장 힘들었을 때는 재수에 실패하고 군대에 갔을 때이다. 사람들은 내가 귀하게 자란 줄 알지만 그렇지 않다. 우리 부모님은 가난했다. 공생원을 꾸려나가기도 벅찼기 때문에 막내인 나에게 그렇게 관심을 두실 수가 없었다. 내 행동에 별 간섭을 안 하셨지만 사실 경제적으로나 시간적으로 간섭할 여력이 없으셨을 것이고 그로 인해 나는 조금 자유롭게 성장했던 것 같다. 학교에서는 반장, 회장을 도맡아 했으며 활동적으로 생활했다. 하지만 집에서는 늘 혼자였던 기억이 많다. 그냥 옆에서 부모님과 누나 형이 사는 모습을 지켜보기만 했다. 공부를 제대로 할 수 없으니 성적이 그리 좋지는 않았다. 재수했는데 학원 다닐 돈이 없었다. 지금처럼 교육방송이 잘 돼 있지도 않았고 인터넷도 없

군 복무 시절 같은 부대에 파견 나온 미군과 함께

던 시절이었다. 내가 공부하는 건 책상 위에 놓인 책이 전부였다. 하루하루가 힘겨운 나날이었다. 그냥 책상 앞에 앉아 끙끙거렸다. 막막했다. 어떻게 해야 할지 몰랐고 누구에게 도움을 청해야 할지 몰랐다. 공부했지만 결과가 좋지 않았다. 결국 군대에 가게 되어서 더 비참하게 나락으로 떨어지는 기분이었다. 혼자였는데, 늘 혼자였는데 이제는 멀리 떨어져서 진짜 혼자가 되어야 했다. 내 인생이 불운하다고 느껴졌고 헤어나올 수 없는 절망감에 빠져들었다. 그때는 다른 선택의 여지가 없었던 것 같다.

군 생활은 군사령부 예하 탄약창에서 탄약관리병으로 복무했다. 참 다행스럽게도 탄약 관리를 하기 위해 본부에서 떨어진 영외에서 거주했다. 인근 부대를 돌아다니면서 파견 근무를 했는데 3명이 2~3주씩 부대를 돌아다니면서 생활했기 때문에 영내 생활을 한 다른 사람들보다 군 생활은 어렵지 않게 적응한 것 같다. 군 생활을 하면서, 다양한 사람을 접하면서 동물의 세계 같은 인간의 본성을 알 수 있는 계기가 되었다. 그런 것은 사회생활을 하는 데 많은 도움이 되었다. 물론 군 생활을 통해서 인내심도 많이 길렀다. 대학생이던 동기들은 나보다 먼저 제대하였다. 혼자 남아 36개월을 꽉 채우고 제대했다. 사람들과 잘 지냈다. 같이 군 생활했던 사람들과 아직도 연락하며 만나고 있다.

군대를 제대하고 광주대학교에서 사회복지를 공부했다. 그때 막 사회복지학과가 생겨났을 때였고 다른 진로는 생각 해 보지 않았다. 대학에 다니면서도 학비와 생활비를 벌기 위해 일을 해야 했다. 방학 때는 물론이고 학기 중에도 일과 학업을 병행해야 했다. 4년의 세월이 어떻게 지나갔는지 모 를 정도로 순식간에 지나갔다. 별 탈 없이 무사히 졸업할 수 있어서 다행이었다. 사회복지를 공부하면서도 삶의 하루하 루가 막막했던 대학생활이었다.

나는 계속 공생원에서 일하고 싶었지만, 아버지는 내가

제주장애인평생교육센터

공생원을 떠나 독립하기를 원했다. 나뿐만 아니라 우리 형제는 다 알아서 독립해야 했다. 거의 쫓겨나다시피 공생원을 떠나 울면서 제주로 갔다. 그때도 참담했다. 여기서 뭘 어떻게 해야 하나 막막한 시간을 보내다가 차츰 길이 보이기 시작했다. 제주정신요양원과 제주시립희망원에서 일하면서 자리를 잡았고 34살이던 2002년에 제주장애인요양원을 개원했다. 내가 가지고 있던 집을 팔아서 간신히 개원했다. 그날은 뛸 듯이 기뻤고 옥상에 올라가서 만세를 부르며 좋아했다.

아버지는 우리에게 물질적인 유산을 남겨주지 않으셨다. 그나마 다행인 것은 아버님 장례식 때 받은 조의금으로 빚을 다 갚았다고 했다. 빚이 더 있었는지도 모른다. 아버지가 금전적으로 자식들에게 물려 준 것은 없었다. 아버지가 물려준 것이 있다면 "자립", "각자도생" 이런 정신이 아니었을까 생각한다. 제주장애인요양원을 개원하고 뒤를 돌아보니 그때 아버지가 나를 쫓아내듯이 공생원을 내보냈던 것을 조금이나마 이해할 수 있다.

장애인복지시설협회장이 되었을 때는 기쁨이 반, 걱정이 반이었다. 앞으로 해야 할 일들이 많았고 내가 하고자 하는 일들은 장애인 생존에 직접 관련된 일이어서 선택의 문제가 아닌 "꼭" 해내야 할 일들이다. 그런 일들이 너무 많다. 그래서 마음이 더 무거웠다. 내가 해야할 일들을 하나씩 해나가고 있다. 실타래를 풀 듯이 하나씩 살살 풀어가고 있다. 장애물 경기처럼 아슬아슬하고 암벽등반처럼 위태롭지만 나는 확신이 있고 우리는 가야 할 길을 알고 있다. 그래서 이제는 혼자라고 생각하지 않고 외롭지도 않다.

내게는 딸 하나와 쌍둥이 아들 둘이 있다. 딸은 애니메이션학과를 다니다가 웹툰 작가의 길을 걷고 있고 아들 둘은

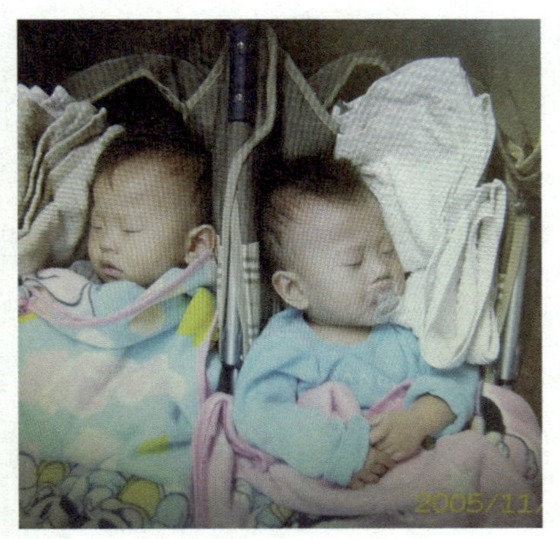

쌍둥이 아들, 지성이와 민성이

이제 막 대학생이 되었다. 두 아들은 군대에 가기 위해 신검을 받았고 내년이면 군대에 갈 예정이다. 아이들을 보고 있으면 내가 재수를 하던 때가 생각이 난다. 나도 아이들에게 뭘 제대로 해준 게 없어서 늘 마음이 착잡하다. 다른 부모들이 하는 것만큼 아이들에게 채워주지 못했다. 아이 친구들이 어학연수를 간다거나 유학을 간다는 말이 들리면 나는 아이들에게 그렇게 해줄 수가 없어서 많이 미안했다. 내가 하는 일이 그러니 아이들도 이해해 주고 있는 것 같아 감사하다. 말이나마 아이들에게 따뜻하게 해 주려고 노력하고 있는데 잘 모르겠다.

　　우울하고 참담했던 젊은 날. 그래도 부모님에게 받은 사랑이 나의 유산이고 힘의 원천이었다. 그런 사랑이 없었다면 오늘의 내가 존재할 수 있을까? 사회복지 일을 하면서 난 늘 작은 존재가 되는 느낌이 든다. 내 부모님은 그 어려운 환경에서 어떻게 일을 하셨을까? 일할수록 부모님에 대한 존경심이 커지고 늘 부족한 내 자신에게 채찍질을 하게 된다. 아버지, 어머니, 감사합니다. 사랑합니다. 저도 더 열심히 하겠습니다.

나의 아버지 정영걸

제주장애인요양원

자립自立

울며 도착한 제주

등 떠밀려 넘어온 바다

한 걸음 한 걸음 놓여있던

아버지 어머니의 발걸음

한 가지에서 난 열매

우리 남매는 큰누님 정애리, 작은누님 정애라, 형님 정
윤돈 그리고 나 이렇게 4남매이다. 큰누님과는 9살, 작은누
님과는 7살, 형님과는 5살 차이가 난다. 형제들과 나이 차이
가 많이 나다 보니 홀로 떨어져 살았다는 생각이 들기도 한
다. 성장할 때 집안 생활이 넉넉지가 않아서 서로 돌볼 여유
가 없었던 것도 같다. 하지만 부모님의 사랑 안에서 우리는
끈끈한 남매로 잘 자랐다. 막내라 그런지 간섭받고 자라지는
않았다. 친구들을 보면 나이 많은 누나나 형들에게 혼나는
경우도 있었던 것 같은데 나는 자라면서 그런 적은 없었다.
부모님에게도 누님들과 형님에게도 손찌검 한번 받은 적이
없었다. 오히려 귀여움을 받고 자랐다.

우리 남매들은 신기하게도 부모님이 하던 일을 계속 이

어나가고 있다. 각자의 자리에서 서로 다르지만 같은 방향으로 가고 있다, 마치 한 가지에서 같은 열매가 열리듯이 말이다.

큰누님 정애리

큰누님 정애리 원장은 미대를 가고 싶어 했으나 사회사업과를 전공하게 되었다고 한다. 졸업 후에는 홀트아동복지재단에서 5년간 일하면서 고아들을 외국으로 보내는 업무를 하였다. 보람이 있으면서도 가슴 아픈 일이었다고 했다. 불

큰누님 정애리, 작은누님 정애라, 형님 정윤돈

쌍한 아이들이 외국에 나가서 좋은 환경에서 잘살 수 있다는 것을 위안으로 삼고 일했다고 했다.

10년이 지났을 무렵 한국에서는 해외 입양 갔던 사람들이 돌아와서 친부모를 찾는 프로그램이 유행하였다. 큰누님은 그 프로그램을 보면서 충격을 받았다고 했다. 해외로 입양 간 아이들이 행복하게만 살 줄 알았는데…. 좋은 대학을 나오고 번듯한 직장이 있어도 입양아들은 고국과 친부모를 잊을 수 없었다. 그 당시 해외로 입양된 아이들이 한국으로 돌아와도 친부모에 대한 정보를 제공받을 수가 없었다.

　한국전쟁 이후 고아를 해외로 입양 보내면서 우리나라는 아동 수출국이라는 오명을 받기도 했는데 거기에는 여러 가지 이유가 있다. 다른 아시아 국가들에 비해 우리나라는 서류 관계가 잘 준비가 되었고 미국이나 유럽 선진국 가정에서는 그런 이유로 한국에서 아이를 입양하기를 원했다. 당시 아이를 보내는 기관에서는 친부모의 정보를 공개하지 않는다는 비밀보장 서약을 했는데 이것이 나중에 해외 입양 아이들이 친부모를 찾는 데 방해 요소가 되었다.

　홀트아동복지재단에서 이런 일을 담당했던 큰누님은 죄책감에 빠졌고 이것을 돌려놓기로 마음을 먹었다. 그래서 국제한국입양인봉사회(InKAS)를 설립해서 세계 입양인들의 삶을 돌보는 일에 전념하게 되었다. 아무도 하지 않으려는 힘들고 고된 길이었다. 기존에 해외 입양을 주선하는 단체들과 많이 부딪혔고 쉽게 일을 진행하기가 어려웠을 것이다. 불편한 진실을 드러내는 일이어서 힘든 부분이 많았을 것이다. 지금까지 큰누님은 묵묵히 본인의 일을 해오고 있다. 부모님은 큰누님이 하는 일을 보고 많이 감동 받으셨다. 큰누님은 항상 밝고 유쾌하신 분이다. 친구들도 많이 찾아왔다. 여장부 같기도 하고 어머니 같기도 하다. 나중에 안 일인데

어머니가 남긴 빚이 있었는데 큰누님이 한동안 그 빚을 갚았
다고 했다. 이제는 우리 남매를 이끄는 큰 기둥이다.

작은누님 정애라

작은누님 정애라 원장은 일본 사회복지 시설에서 일했
다. 덕분에 일도 배우고 일본어도 배웠다. 나중에는 공생원으
로 돌아와서 일했는데 일본과 교류가 많았던 공생원에서는
일본어를 잘하는 작은누님이 할 일이 많았다. 작은누님이 공

생원에 있다 보니 어머니를 그리워하던 분들이 공생원에 들러 작은누님을 만나고 갔다. 그래서 공생원의 유대감이 계속 이어질 수 있었다. 우리 남매들은 자기 아이 또래의 공생원 출신들과 형제애 같은 좋은 관계를 맺고 있다. 부모님이 보고 싶을 때마다 사람들은 우리를 찾아왔고 우리는 그들을 형제처럼 반겼다. 작은누님이 공생원에 있었던 것은 많은 사람에게 큰 위안이 되었다. 작은누님은 공생원과 목포공생복지재단 산하 시설에서 20여 년간 일했다. 작은누님은 꼼꼼하고 성실한 분이다. 어머니가 돌보던 공생원을 어머니처럼 돌본 공생원의 작은어머니다.

큰누님 정애리, 나, 형님 정윤돈, 작은누님 정애라

어머니와 형님 정윤돈

형은 교회 목사님이다. 아무래도 공생원 설립자인 윤치
호 할아버지가 전도사였던 것이 영향을 준 것 같다. 특수목
회라고 목포 지역 시설들을 찾아다니며 설교를 하다가 목포
에서 교회를 개척하기도 하였다. 지금은 서울 모교회에 있
는데 그 교회에서 노인과 장애인복지 시설을 함께 운영하고
있다. 나를 제외한 남매들은 항상 교회 일에 열심이었다. 나
는 조금은 교회 밖으로 돈 것도 같은데 두 누님과 형님은 주

일이면 교회에서 살았다. 특이한 것은 형은 공생원 식구들과 함께 섞여 살았던 것 같다. 나는 친구들과 잘 지내고 잘 놀고 그랬지만 형은 그냥 그 무리 속에 들어가 함께 어울리며 지냈다. 나는 그런 형님이 매우 존경스럽다.

우리 남매는 외조부모님과 부모님에 대한 자부심이 강하다. 또 그것을 유지하려고 더 노력한다. 오랜 시간 두 누님과 형님을 바라보면서 모두가 각자의 자리에서 부모님의 일을 이어받아 살고 있는 것이 신기하기도 하고 자랑스럽기도 하다. 누님들과 형님을 보면서 나는 잘하고 있는지 가끔 내 모습을 돌아보며 살 수 있어 더 감사하다.

공생원을 설립한 외할아버지 윤치호 전도사

감이 익어가는 가을

저건 큰누나와 작은누나

저건 형아

한 가지에 열린 감 같은

우리 남매들

무조건 무조건이야 ♬~

대학을 다니면서 형편이 여의찮아 학업과 일을 병행해야 했다. 복지관에 있는 쌍촌복지어린이집에서 운전기사로 일을 했다. 잠도 어린이집 바닥에서 잤다. 복지관 관장님이 윤치호 할아버지의 먼 친척이어서 특별히 내 사정을 봐 준 것이었다. 그때 광주 모교회에 다녔는데 그곳에서 아내를 만났다. 아내는 교회 오르간 반주자였다.

졸업 후 나는 제주도로 갔고 아내는 교사를 준비하면서 학원 강사 일을 했다. 장인 장모님도 같은 교회에 다니셨고 광주에서 장사를 했다. 당시 교회 부목사님이 우리 집안을 잘 알고 있던 분이었다. 그 부목사님이 "저 집안 사람이면 무조건 잡아라."라고 했단다. 그래서 결혼 승낙은 쉽게 받은 편이다. 지금도 장인 장모님은 항상 나를 신뢰해 주시고 전폭

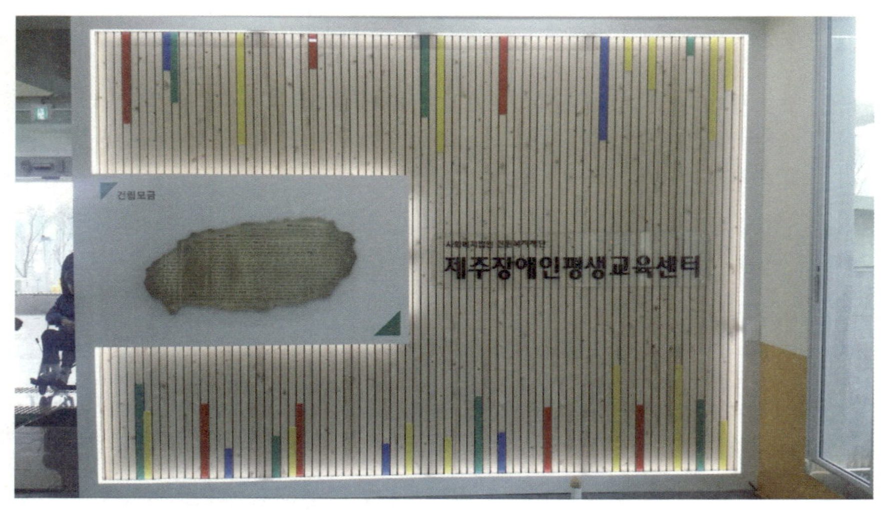

적으로 지원해 주셔서 많이 감사를 드린다.

제주로 와서 아내와 함께 일을 했다. 그리고 제주장애인요양원을 설립할 때는 장인어른의 도움을 많이 받았다. 시설을 세우려면 땅도 있어야 하고 건물을 지으려면 돈도 많이 든다. 젊은 우리 부부에게 그렇게 큰돈은 준비가 되어 있지 않았다. 얼마 갖고 있지 않은 우리의 모든 것을 다 넣었다. 그리고 부족한 대부분을 장인어른이 도와주셨다.

대부분의 사회복지시설이 이렇게 출발한다. 자본이 넉

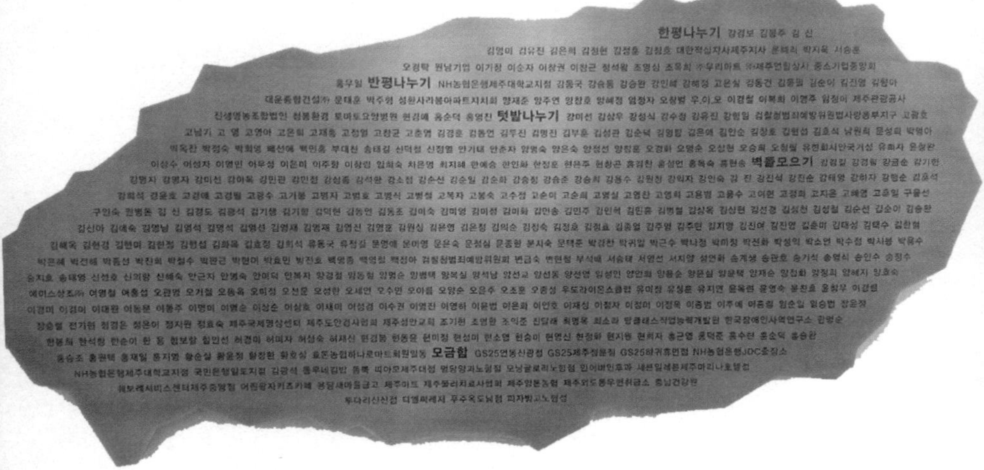

제주장애인평생교육센터 건립에 후원해 주신 제주도민 500분의 이름

넉해서 여유롭게 시작하는 곳은 못 봤다. 내가 가진 모든 것을 걸어야 한다. 나는 오랜 세월 동안 이런 모습을 봐 왔기 때문에 다른 사람보다 먼저 시작할 수 있었던 것 같고 아내와 처가의 전폭적인 지지가 큰 힘이 되었다.

일은 아내와 함께 시작하였다. 내가 원장이고 아내가 사무국장 일을 맡아주었다. 사회복지 시설은 경제적으로 취약하기 때문에 가족 중심으로 진행되는 경우가 많다.

아내가 둘째를 낳았는데 아들 쌍둥이였다. 무척 기뻤으

나 아이들을 어떻게 키울지 막막했다. 쌍둥이를 키워 본 사람은 알겠지만 쌍둥이 육아는 두 배 힘든 것이 아니라 네 배 힘든 일이다. 4살 예린이도 있었다. 이 막막한 순간에 장인 장모님이 도와주셨다. 두 분은 광주에서 하던 일을 다 접고 제주로 내려와서 쌍둥이를 키워주셨다. 그때 두 분의 도움이 없었다면 오늘의 나는 몇 년 밀려나 있었을 것이다. 지금도 쌍둥이를 보고 있으면 장인 장모님의 도움에 감사를 드리지 않을 수 없다.

쌍둥이 지성이와 민성이는 건강하게 성장하여 대학생이 되었고 이번에 신검을 받아 현역 판정을 받았다. 내년에는 군대에 간다고 한다. 아이들이 막 태어난 것이 어제 일 같은데 군대를 간다고 하니 묘한 기분이 들었다.

이렇게 주변의 도움을 많이 받았다. 34세라는 젊은 나이에 원장이 되었다. 젊은 나이에 원장이 되었으니 한동안 또 혼자가 되어야 했다. 하지만 든든한 지원군이 있어서 잘 버텼던 거 같다. 내 인생을 돌아보면서 하나도 허투루 했던 일들은 없었던 것 같다. 하나님의 큰 뜻이 있어 그때그때, 적재적소에 도움의 손길이 있었던 것 같다. 때론 굶게 하시고 때론 울게 하시고 그리고 일으켜 세우시는 놀라운 능력을 지나

장인 장모와 처남 가족들

온 내 삶을 통해서 나는 경험했다. 나를 믿고 전적으로 응원

하고 지원해 준 가족, 지인들 모든 분께 머리 숙여 감사를 드

린다.

어느 날 갑자기…

복지시설에서 일하면서 기억이 나는 분들이 몇 분 있다. 개인적인 일이라 다 소개할 수는 없고 몇 분만 이야기하려고 한다.

아버님께서 운영하시던 시설에 뇌성마비 시인이 계셨다. 시인이라서 더 감수성이 풍부했던 것 같다. 항상 종이에 뭔가를 썼고 근무자에게도 편지를 자주 썼다. 장애를 갖고 있다고 해서 감성이 메마른 것은 아니다. '저 안에 있는 감성을 자유롭게 표현하지 못하고 어떻게 살 수 있을까?' 그분을 보면서 예술성을 가진 장애인의 삶은 더 고달플 것이라는 생각이 들었다. 우리 복지정책이 아직 그곳에까지 다다르지 못하고 있는 것 같다. 할 일이 참 많다.

　　정신요양시설에 일하고 있을 때 같이 일하던 동료가 있었다. 그때 나는 직원이었고 그분은 회계업무를 담당했던 여직원이었다. 어느 날 교통사고가 났는데 그분은 사고 충돌로 봉고차 밖으로 나가떨어졌고 척추를 심하게 다쳐 장애인이 되었다. 그리고 한동안 그녀를 잊고 살아가고 있었다. 시간이 많이 흘렀고 나는 복지시설의 원장이 되었다. 새로 입소하는 입소자 명단을 보다가 익숙한 이름을 보았는데 바로 같이 일하다가 사고를 당한 그분이었다. 처음에는 동명이인인 줄 알았는데, 그녀를 보고 나는 깜짝 놀랐다. 그녀는 척추를 다쳐 휠체어를 타고 다녔고 몸 한쪽의 신경을 잃었다. 그분과 인사를 나누는데 그분은 해맑게 웃고 있었다. 사고가 나기 전

에도 해맑게 웃고는 했는데 여전히 환하고 밝게 웃고 있었다. 나는 감사했다. 그동안 얼마나 힘들었을까? 그런데도 웃음을 잃지 않고 있었다니…. 지금도 자주 본다. 시설이나 운동장에서 만날 때면 어느 때보다도 환하게 나에게 웃음을 준다.

대부분 사람은 장애는 내 이야기가 아니라고 생각한다. 먼 세상 이야기이고 나와 상관이 없으니 관심도 없다. 하지만 우리는 모두 후천적 장애의 위험성을 갖고 살고 있다. 젊거나 건강하다는 것도 예방약이 되지는 않는다.

시설에 있는 이용자 중에 고등학교 2학년 때 오토바이를 타고 가다가 교통사고를 당한 젊은이가 있었다. 친구의 오토바이 뒷자리에 앉아 가다가 사고가 났고 머리를 심하게 다쳤다. 내가 만났을 때는 20대 초반이었는데 뇌를 다쳐서 더 이상 학습이 되지 않았다. 겉모습은 여느 청년이나 다름없었다. 그런데 말을 나누다 보면 그의 어눌한 말투에 장애가 있다는 것을 금방 알아차릴 수 있었다. 검정고시를 치르기 위해 공부를 하고 있었는데 뇌를 다쳤으니 공부하는 것이 쉬운 일은 아니었을 것이다. 수학을 가르치는 자원봉사자 선생님이 테스트를 했는데 사고가 나기 전 고등학교 1학년 과정은 기억하고 있다고 했다. 이후에도 열심히 노력했지만 고1 과정까지는 학습이 되고 응용문제도 풀 정도의 수준이었는데 그 이후는 전혀 학습이 되지 않았다. 그래도 공부를 포기하지 않아서 검정고시는 무사히 마칠 수 있었다. 하지만 사회생활하는 데는 어려움이 많았다.

"데스티네이션"이라는 영화가 있다. 불길한 사고를 예견해서 그 사고를 피해 보려고 노력하지만 결국에는 운명을 바꿀 수 없었고 모두 불길한 사고를 당하게 되는 내용이다. 그 영화를 보다 보면 우리의 주변은 온갖 위험한 물건들로 가득하고 사람의 목숨을 빼앗는 끔찍한 사고는 내 주변에 너무나 흔한 것들이었다. 우리가 안전하다고 생각하는 것들, 나는 안전할 것이라는 생각은 한순간 뭉개지고 만다.

가을운동회 때 시설 이용인 가족분이 남긴 메모가 내 가슴을 울렸다.

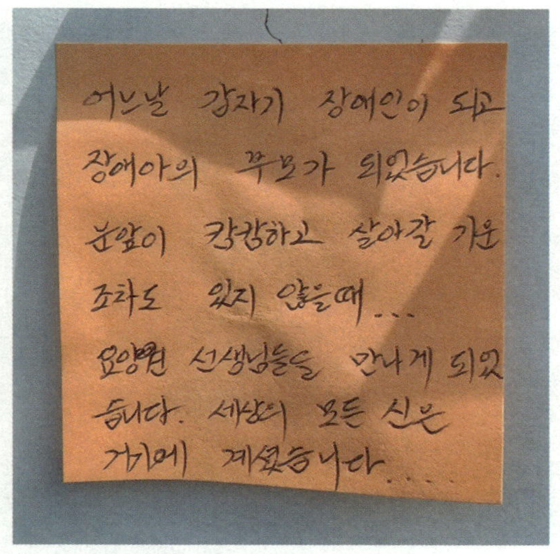

제주장애인요양원 이용인 가족의 메모글

내가 시설에서 만난 분들의 이야기를 다 하려면 끝도 없을 것이다. 다만 그분들을 생각하면 건강하게 이 일을 계속할 수 있음을 하나님께 감사드리고 나를 도와주는 모든 분께 고마워하는 마음뿐이다.

만국기

바람에 펄럭인다

어느 꿈을 기억하고 있을까?

누구의 바램으로

저렇게 펄럭이고 있을까?

정 선생~, 정 선생~

고등학교 동창이 있었다. 자폐성 장애를 갖고 있었다. 이름이 정대우였는데 나를 아주 좋아했다. 그럴 수밖에 없는 것이 내가 유일한 친구였을 것이다. 다른 친구들은 그 아이를 놀리고 무시했다. 그러면 대우는 폭력적으로 변해 물건들을 집어던지곤 했다. 대우는 국가나 도시 이름을 아주 잘 외웠다. 우리 집에도 자주 놀러 왔는데 집에 오면 매일 국가 이름과 도시 이름을 연결하여 외우곤 했다. 대우네 집은 오토바이 판매점을 했다. 부모님이 모두 가게에서 하루 종일 일을 해서였을까. 우리 집에 놀러 오는 대우의 발에서는 냄새가 많이 났다. 대우가 방바닥을 걸어 다니면 방바닥에 발자국이 나곤 했다. 어느 날부터 대우가 집에 오면 그 아이의 발부터 씻겼다. 대우는 무좀도 앓아서 발에는 각질도 많았다. 나는 대우의 발에 있는 각질과 돋아난 살을 잘라주기도 했다. 가끔은 발톱도 깎아줬다. 대우가 우리 집에 올 때마다 그렇게 했고 그것을 당연하다고 생각해서 한 번도 주저하지 않았다. 지금 생각해 보면 대우도 부모님이 늘 바쁘셔서 제대로 돌봄을 받지 못하는 아이였던 듯하다.

대우는 나를 정 선생이라고 불렀다. 왜 나를 그렇게 불렀는지는 모르겠다. 나를 볼 때마다 "정 선생, 정 선생~" 하며 뛰어왔다. 지금도 정 선생 하며 해맑게 웃던 대우의 모습이 선명하다. 내가 군대 갔을 때도 우리 집에 가끔 찾아왔다고 한다. 집에 와서는 정 선생 언제 오느냐고 묻고 가곤 했단다.

군대를 재대하고 얼마 지나지 않았을 때였다. 내 생일이 돌아와서 친구들을 불러 생일파티를 했다. 내가 대우를 초

대했는지는 잘 기억이 나지 않는다. 으레 내 생일에는 대우가 찾아 왔었다. 그런데 그날 대우는 내 생일 파티에 오지 않았다. 다른 일이 있었겠지 하고 별로 신경쓰지 않았는데, 다음 날 대우가 교통사고를 당해서 죽었다는 걸 알았다. 대우는 내 생일날 나에게 오려고 버스를 탔는데 한 정거장을 지나 내린 것 같다. 그리고 어두운 밤길을 다시 돌아 내려오면서 뒤에 온 버스에 치였다고 한다. 가슴이 너무 아팠다.

다음 날 병원에 갔고 대우의 장례식에도 갔다. 그때 대우 부모님을 처음 뵈었다. 두 분은 내 손을 잡고 "그동안 고마웠다."라고 짧게 말했다. 아마 대우가 내 이야기를 했을 것이다. 나를 만나고 가면 대우가 많이 깨끗해졌으니 부모님이 대우에게 어딜 갔다 온 건지 물었을 것이다.

대우는 어디에도 자신을 반겨주는 사람이 없었다. 내가 그의 유일한 친구였다. 나는 선천적으로 내가 필요한 사람들, 특히 나밖에 의지할 데가 없는 사람들을 뿌리칠 수가 없다. 한동안 생일날이면 해맑게 웃던 대우가 생각났는데 어느 때부턴가 일이 힘들면 대우가 생각난다. 그때는 내가 복지관 일을 할 거라는 생각도 안 했을 때였다. 장애인을 돕거나 누군가를 돌보는 일을 할 거라고 생각하지 않았다. 지금 중증 장애인 시설을 운영하고 이렇게 복지 일을 하고 있는데 뭔가 답답하고 일이 힘에 부치거나 매너리즘에 빠질 때면 대우가 나타나 나를 달래준다. 그리고 나를 초심으로 돌아가게 한다. 참 신기한 일이다. 어쩌면 대우는 하나님이 나에게 보낸 천사가 아니었을까. 지금도 대우가 보고 싶다.

나의 어머니, 윤청미

우리 어머니는 모두의 어머니였다. 내 친구의 어머니였고, 누님들 또 형 친구들의 어머니였다. 가끔 어머니를 그리워하는 분들을 만난다. 그분들은 내 손을 꼭 잡으며 어머니 이야기를 한다. 그럴 때면 난 더 어머니가 보고 싶다. 어머니는 윤학자 할머니를 많이 닮으셨다.

어머니는 장녀였다. 윤치호 할아버지는 외국인 선교사에게 사사를 받아 전도사가 되었다. 전쟁 중이었고 제대로 된 교육기관이 없을 때였다. 할아버지는 장녀 윤청미를 선교사를 통해 미국으로 보내 공부시킬 계획이었다고 했다. 그러나 할아버지가 실종되면서 모든 계획은 실행되지 못했고 오히려 공생원은 더 어려움을 겪게 되었다. 윤학자 할머니가 공생원을 운영하는데 아버지 정영걸의 도움이 꼭 필요했을 것이다. 그러니 중학교 2학년인 딸과 약혼시키면서까지 아버

아버지와 어머니와 나

지를 붙잡은 것 같다.

어머니도 공생원 일을 하면서 고생을 많이 하셨다. 아버지가 주로 대외적인 일을 하였다면 어머니는 공생원 살림을 살피셨다. 그러면서 여러 부설기관이 생길 때마다 산파 역할을 하셨다. 어머니가 집안의 중심이셨고 살림을 꾸리고 돈을 빌리는 일도, 그 돈을 갚는 일도 다 어머니의 몫이었던 것 같다. 그러니 집안 살림이야 넉넉했을까.

초등학교 1학년 때의 일이다. 학교에 가는데 준비물로 크레파스를 사가야 했다. 그런데 문구점에 함께 들른 어머니는 무슨 이유에서인지 나에게 크레파스를 사주지 않으셨다. 나는 어머니 손을 잡고 교실로 가다가 운동장 한가운데에서 고래고래 소리를 지르며 울었다, 어찌나 크게 울었던지 담임 선생님은 물론 교장 선생님까지 운동장으로 달려오셨다.

어머니는 신앙심이 깊고 호탕하고 쾌활한 분이셨다. 누님들이 어머니의 기질을 물려받으신 것 같다. 유쾌한 누님들과 이야기하다 웃다 보면 어머니가 많이 생각난다.

저녁이면 가족들이 모여 텔레비전을 보고 있었다. 어머니는 늘 텔레비전 옆에 앉아계셨는데 어찌나 말을 재미있게 하셨던지 시간이 지나면 우리는 텔레비전이 아닌 어머니를 보고 있었다. 그래서 우리는 어머니를 '텔레비전을 이긴 여자'라고 말하기도 했다.

참 특이했던 것은 어머니가 나를 깨울 때는 내 배를 어루만지신다거나 내 몸을 주무르면서 기도를 하셨다. 한 번도 짜증을 내시거나 다급하게 깨우신 적이 없었다. 나는 그것이 자연스러운 것이라고 생각하고 한동안 잊고 있었는데 친구들 이야기를 듣고서 깜짝 놀랐다. 친구들 이야기로는 아침

마다 아이들을 깨우는 것이 전쟁이라고 한다. 나도 어머니의 영향을 받았는지 아이들을 깨울 때 몸을 주무른다거나 어루만지며 깨운다. 하지만 어머니는 나를 깨울 때 늘 기도를 하셨다. 그 기도의 힘으로 오늘의 내가 있을 수 있다고 생각한다.

어머니에게 용돈을 받은 적이 있는데 고등학교 2학년 때의 일이다. 그 당시 목포에서 제일 큰 교회의 학생회에서 회장이 되었을 때였다. 어머니에게 교회 학생회 회장이 되었다고 하니 크게 기뻐하셨다. 그리고 나에게 용돈을 주셨는데 그때 나는 어머니가 무엇을 가치 있게 생각하는지 알게 되었다. 그 일 이후로 나는 교회 활동에 더 열심을 냈던 것 같다.

형은 공부를 잘했다. 어머니는 항상 형에게 내 공부를 봐주도록 했다. 나는 별로 공부에 관심이 없었지만 그래도 형하고는 재미있게 공부를 했다. 한번은 어머니에게 아기가 어떻게 생기는 것이냐고 물었다. 그랬더니 그날 저녁에 형이 나를 따로 불러내어 성교육을 시켜주었다. 초등학교 6학년인가 중학교 1학년 때였던 것 같다.

어머니는 기도하는 분이셨다. 늘 기도하시고 하나님께

목포 공생원 앞에 위치한 고하도

온전히 의지하는 삶을 사셨다. 기도하면서 일을 계획하고 준비하셨다. 어머니는 목포 앞에 있는 고하도라는 섬을 하나님께 달라고 기도하셨다. 섬을 달라고? 어쩌면 황당하게 들리는 말이겠지만 어머니는 고하도에 자주 가셔서 기도하시기도 했다. 어머니는 그곳에 복지시설을 만들고 싶다고 하셨다. 그 무모한 기도를 한평생 하셨던 것 같다. 그러다 정말로 국가로부터 고하도에 복지시설을 설립할 수 있는 허가를 받았다. 이 얼마나 놀라운 일인가!

어머니와 경택이 엄마(보모)

어머니는 기도원을 갈 때마다 나를 데리고 다니셨다. 막내라 그런 것도 있었겠지만 나를 많이 아끼고 사랑하셨다. 내가 일찍 자립해서 나를 대견하게도 생각했지만 또 한편으로 안쓰럽게도 생각하신다고 했다. 이제 그 이유를 조금은 알 것 같다. 지금 어머니의 빈자리가 너무나 크게 느껴진다.

어머니가 공생원 일을 하느라 나를 실제로 돌보는 것은 경택이 엄마라고 불렀던 농아인이 맡았다. 그분이 말을 못하니 나도 말을 못할까 봐 걱정을 많이 하셨다고 속내를 털어

놓기도 하셨다. 하지만 그때 형편이야 이것저것 가릴 처지가 아니었다. 다행히 나는 말을 잘 배웠다. 오히려 남매들 중에서 말을 제일 잘한다고 했다.

어머니는 5년간 항암치료를 받다가 세상을 떠났다. 나는 어머니가 치료를 받으실 때 1년간 모시고 있었다. 억울했다. 누님들과 형은 나보다 오래 어머니와 살았다. 그리고 나는 군대를 가면서 그 이후로 계속 집 밖에서 생활했기 때문에 어머니와 보낸 시간이 다른 분들보다 훨씬 적었다.

어머니가 돌아가시고 목포병원에서 입관을 하고 나오는데 서럽고 억울했다. 그래서 초등학교 1학년 때 운동장에 대자로 뻗어 울었을 때보다 더 크고 서럽게 울었다. 나는 병원이 떠나갈 듯 울고 또 울었다.

사랑이란

알록달록 형형색색

아빠처럼 엄마처럼

파란만장한 삶

닳아갈수록 깊어지는

크레파스 같은 사랑

진남포(평안남도)에 사회복지시설을 건립하고 싶어요

내 아버지의 고향은 평안남도 진남포이다. 고등학교에 다니던 중 북한군에게 징집될 것이 두려워 장롱 속에서 며칠을 숨어 지냈다고 한다. 그때 양곡점을 하던 부잣집에서 자기 아들을 남쪽으로 피신시키는데 아버지가 동행해 줄 것을 부탁했다고 한다. 아버지는 체격이 좋았기 때문에 자신의 아들을 보호해 줄 것이라고 믿었던 것 같았고 두 사람은 친구 사이였다. 그렇게 해서 두 친구는 남쪽으로 내려왔고 목포까지 가게 되었다. 그리고 숙식이 필요했던 두 사람은 소개에 소개를 받아 공생원에서 일을 하게 되었다. 아버지는 공생원 일에 보람이 있다고 판단하여 남았고 그 친구분은 얼마간 일을 하다 다른 일을 찾아 공생원을 떠났다고 했다. 윤학자 할머니는 듬직한 아버지가 마음에 드셨던 것 같다. 그때 윤치

윤학자 할머니와 아버지 정영걸

호 할아버지가 실종되시고 윤학자 할머니가 혼자 공생원을
꾸려갈 때였다. 아버지는 윤학자 할머니에게 든든한 보디가
드였다. 아버지는 키가 크고 목소리가 컸으며 정의감에 불타
고 의협심이 강했다. 그리고 일제 강점기에 교육을 받아 일
본어가 능통해서 공생원 일을 하는 데 많은 도움이 되었다고
한다. 그러니 윤학자 할머니는 중학생이던 딸과 약혼을 시키
면서까지 아버지를 잡으려고 하지 않았나 하는 생각이 든다.
어머니와 8살 차이가 있으셨는데 아버지는 호남형이고 영화

배우처럼 멋지셨다고 한다. 어머니도 아버지를 많이 좋아하셨다고 했다.

친할아버지는 만주를 오가며 무역을 했는데 나중에 장사해서 번 돈으로 배를 샀다. 그 배에 육촌까지 모든 가족을 태우고 월남했다. 한국전쟁 때 일이다. 그래서 아버지의 고향이 이북이면서도 가족들은 모두 남한에 사는 특이한 집안이다.

할아버지도 그렇고 아버지도 그렇고 모두 추진력이 뛰어난 분이셨고 나는 아버지의 그런 면을 물려받은 것 같다.

아버지는 나와 우리 남매들에게 많은 말을 남겨주셨다.

'좋은 일은 더 할 필요가 없다. 이미 좋은 일을 하고 있으니. 하지만 나쁜 일은 하면 안 된다.'고 말씀하셨다. '종교와 복지는 양 바퀴와 같다'는 말도 해 주셨는데 나는 이 말을 늘 마음에 담고 일하고 있다. 아버지는 교회에서 장로님이셨고 늘 의리 있고 모두에게 신뢰를 받는 분이셨다. 공생원 생활을 하면서 전남대 상대에 진학해 공부하실 정도로 추진력 있고 부지런하셨다.

당시에 고하도에 공생재활원을 만들었는데 할머니가 치매에 걸리면서 아버지는 할머니를 모시고 고하도로 들어가셨다. 그곳에서 할머니가 돌아가실 때까지 5년을 돌보셨다. 그 모습을 우리 남매가 보아서 그런지 아버지와 어머니가 돌아가실 때도 우리 남매들은 부모님을 돌보았다.

내 아버지 정영걸 님은 나에게는 아버지이기 전에 사회복지 선배였고 스승이었고 가장 믿을 수 있는 친구이었다. 호탕하고 유쾌하고 사랑이 많으셨다. 내가 43세가 되었던 해, 아버님이 80세를 일기로 세상을 떠나셨다. 아버지는 투병 중 제주에 오셨고 나는 아버지 임종 때까지 옆을 지켰다. 아버지가 떠나고 허전함은 이루 말할 수 없었다. 그래도 내가 법인과 시설을 만드는 것을 보시고 돌아가셨으니 다행이라는 생각도 들었다. 그래도 난 내 인생의 멘토를 잃어버렸다. 혼자가 되었다. 가야 할 길이 너무 먼데 어떻게 가야 할지 몰라 한동안 방황을 하였다.

나의 마지막으로 이루고 싶은 꿈이 있다면 아버지의 고향인 진남포에 사회복지시설을 만들고 싶다.

평안남도 남부에 위치한 시. 대동강 하류.
현재의 남포南浦 (Google 지도 참조)

길

인생이 외롭지 않았어요

아버지 어머니가 걸었던 길

따라가기만 하면 되었으니까요

봉사하는 삶

많은 사람이 제주장애인요양원에 봉사하러 온다. 기업체에서도 오고 대학교 봉사단체에서도 많이 오고 중·고등학교에서도 많이 온다. 이렇게 단체를 통하여 시설을 방문했던 사람들은 후에 개별적으로 시설을 다시 찾는 경우가 많다. 봉사하기 위해 찾아오는 사람들에게는 다양한 동기가 있다. 이유야 모두 다르지만 그래도 그들이 와서 함께 한다는 것에 많은 도움을 받는다.

일회성으로 오는 방문도 많다. 봉사자들을 맞이하고 할 일을 분배하는 것도 신경이 쓰이는 일이지만 그래도 일을 도와주러 찾아오는 사람들에게 난 늘 감사를 드린다. 기업 봉사단체에서는 꾸준하게 오는 편이다. 직장인이다 보니 회원들이 회비를 모아 후원하기도 하고 회사에서 후원해 주는 경우도 있다. 예전에 비하면 후원금이 많이 줄어들었지만 그래도 잊지 않고 찾아주는 기업과 봉사팀에게 감사드린다.

봉사하는 사람 중에서 눈에 가장 많이 들어오는 것은 중·고등학교 학생들이다. 개구쟁이 같은 아이들은 시설에 놀러 오거나 학교 현장학습으로 오는 경우 시간을 때우러 오곤 한다. 그런데 시간이 지나다 보면 아이들이 차츰 변화되는 모습을 볼 수 있다. 장난도 덜하게 되고 행동도 신중해지는 것을 볼 수 있었다. 생각하는 것도 많아졌을 것이다.

가족이 함께 봉사를 오는 경우도 있다. 그 가족은 장애인들과 함께 어울리면서 그들이 할 수 있는 일들을 찾아 몸으로 봉사를 하고 정기적으로 후원도 한다. 그 부모의 이야기를 들어보면 아이들이 많이 달라졌다고 한다. 이렇게 말하면 부정적으로 받아들이는 분들도 있겠지만 불평불만이 많던 아이들이 생활에 만족하고 감사하는 마음을 갖기 시작했다고 했다. 그러면서 가족 간에 공통적인 일이 생겨서 대화도 많아지고 서로의 생각과 말에 귀를 기울이기 시작했다고 한다.

주변 사람들 중에 자녀들의 문제로 마음고생을 많이 하는 사람들이 있다. 그런 사람들에게 자녀와 함께 시설에 가서 봉사해 보라고 권한다. 자녀가 방문했던 시설이나 집에서

월드미스유니버스티 참가자들이 봉사 활동을 마치고

가까운 시설에 한 달에 한두 번 정해서 봉사를 해보는 것은 어떨까? 가족이 무언가를 같이 한다는 것, 그 일이 보람되고 의미 있는 일이라면 가족 모두에게 긍정의 에너지를 줄 것이라고 믿는다.

아이들하고 이야기하기가 어려운 아버지들이 많다. 막상 뭔가를 이야기한다는 것도 서먹서먹해서 어떻게 시작해야 할지 막막할 것이다. 굳이 무슨 말을 하고 의견일치를 보는 것이 중요한 것 같지 않다. 그 전에 서로 마음의 문을 여는 것이 중요하다고 본다. 봉사하면서 함께 시간을 나누다 보면

서로의 마음이 조금씩 열리지 않을까?

아이들의 인성교육과 아이들 스스로 자신을 돌아보는 시간이 될 것이라고 확신한다.

세월호 사건이 터지고 한동안 부모들은 아이들에게 공부하라는 잔소리를 안 했다고 한다. 또 아이들은 알아서 숙제하고 공부하는 모습을 보였다고 한다. 다른 사람의 불행을 통하여 뭔가를 느끼는 것을 그렇게 권장하고 싶지는 않다. 다른 사람의 삶과 나 자신을 비교하는 것은 부정적인 면이 있다고 생각한다. 그러나 그런 삶의 한 부분 속에서 아이들이 자신을 돌아보고 감사함을 느끼고 변화된다면 그것만으로도 고마운 일 아닐까?

아이들은 빈 종이와 같다고 했다. 그 종이 위에 뭔가를 쓰면 되는데 당신은 아이의 백지 위에 뭐라고 쓰고 싶은가? 사랑을 쓰자. 아이들이 봉사활동을 통해서 다른 사람을 사랑하고 나 자신을 사랑하는, 그런 사랑의 마음을 배우기를 바란다.

기억에 남는 봉사단체로는 제주요양원 초기 때부터 함께한 손뜻모아 봉사단이 있다. 우리와 같은 시기에 결성된 이 단체는 지금까지도 우리에게 큰 힘이 되고 있다. 시설의 구석구석 그들의 손길이 닿지 않는 곳이 없다. 궂은일을 마다하지 않고 도와주신다. 오랜 시간 묵묵히 자리를 지키시는 분들이어서 우리 시설에서는 어느 누구보다 귀한 분들이다.

제주장애인요양원 손뜻모아봉사회

　　현대자동차를 중심으로 만들어진 봉사단체가 있다. 이
분들은 현대자동차 영업사원들로 구성이 되었는데 모두 남
자로 구성된 보기 드문 단체이다. 그러다 보니 외부 활동 등
많은 힘이 필요로 하는 행사에 도움을 주신다. 예전 같으면
외부 활동을 할때 휠체어 이동의 어려움으로 행사가 더디게
진행되고 봉사자들이 너무 고생스러웠는데 이분들 덕분에
외부 활동이 너무 수월하게 진행되고 있다. 참 귀한 분들이
다.

현대자동차 봉사팀이 외부 활동을 지원하고 있다.

대한항공 제주지역 봉사모임 '다솜마루'가 있다. 제주장애인요양원에 찾아와 사회심리활동을 같이 진행하며 오랫동안 우리와 유대관계를 쌓고있다. 프로그램을 마치면 제주KAL호텔로 이동하여 뷔페식당에서 즐거운 점심을 제공해준다. 시설 입소자들이 즐거워하는 시간 중 하나이다.

다솜마루는 대한항공 제주지역 근무자들로 구성된 봉사단체로 2006년 창립된 이후 매월 한두 차례에 걸쳐 도내 장애인시설을 방문하여 목욕, 청소, 나들이 등의 봉사 활동을 펼치며 따뜻한 사랑을 베풀고 있다.

대한항공 다솜마루 회원들이 시설 이용인들을 제주KAL호텔로 초대하여 즐거운 점심을 제공하고 있다.

한 사람이 다 할 수 없다. 아무리 그가 능력이 있더라도 모든 것을 혼자 할 수 없다. 설령 능력 있는 누군가 이런 일들을 혼자 한다고 해도 그것은 좋은 효과를 내지 못한다. 왜냐면 혼자 했으니까.

우리는 함께 어울리면서 살아야 한다. 그것이 진리인 것이다. 복지 일을 하면서 나는 많은 사람들에게 배운다. 시설 이용인들에게도 배우고 직원들에게도 배우고 봉사하러 오는 분들에게도 배운다. 그러면서 내 삶을 느끼고 우리의 삶을 더 생각하게 된다.

윤치호 할아버지가 했던 "사랑이 있는 한 인간의 내일은 걱정이 없다."라는 말을 나는 믿는다. 또한 이런 사랑이 당신의 자녀에게 안착하기를 바란다.

목포 공생원에 있는 윤치호, 윤학자 기념비

사랑이 있는 한
인간의 내일은 걱정이 없다

한때,

의심했던 당신의 말

어느덧

내 살이 되어 있었습니다

외상후스트레스

날씨가 많이 추워졌다. 주말에는 영하로 기온이 내려간다고 한다. 가을은 '갈'이라더니 정말 짧은 것 같다. 산과 들이 울긋불긋해서 아름답게 단풍이 드는구나 했는데, 주말에는 겨울 파카를 꺼내 입어야 할 거 같다. 이제 겨울준비를 하느라 여러모로 바빠진다. 시설에서는 겨울준비에 바빠진다. 이미 김장을 한 곳도 몇 곳 있다. 올해는 1,500포기를 했느니 1,000포기를 했느니, 허리가 휠 정도로 힘든 노동의 시간을 거쳐야 한다.

나는 그날 이후로 겨울이 몹시 싫어졌다. 겨울 찬 바람이 불어오면 그때의 기억이 또렷해져서 몸과 마음이 많이 불편해진다. 겨울 찬 바람 속에는 아직도 비닐이 펄럭거리는 소리가 난다.

그때도 몹시 추운 겨울이었다. 시설 교육 프로그램에 참여하는 장애인 부부가 있었다. 남편은 뇌병변 중증 장애인이었는데 움직이는 데는 어려움이 없었고 아내는 소아마비가 있어서 다리가 불편했고 휠체어를 타고 다녔다. 항상 남편이 아내의 휠체어를 밀고 다녔다. 프로그램을 하는 동안 교실 뒷자리에 앉아 있다가 수업이 끝나면 또 아내의 휠체어를 밀며 집으로 갔다. 그런데 집이 찬 바람이 많이 들어와 춥고 수도도 얼었다고 했다. 그래서 직원들과 함께 그분을 도와주려고 집을 방문했다. 집은 산 중턱에 있는 비닐하우스였다. 검은 망으로 덮인 비닐하우스 안에 가건물 같은 것이 있었다. 비닐하우스의 비닐은 오래되고 낡아서 여기저기 뜯어지고 찬 바람에 펄럭거렸다. 입구 오른쪽에 있는 수도는 얼어있었다. 비닐이 여기저기 찢어져 있으니 밖이랑 온도가 다르지 않았다. 가건물도 상태는 심각했다. 바닥이 기울었고 난방이 고장 났는지 바닥의 반밖에 난방이 되지 않았다. 몇 년 전 함께 살던 시어머니가 돌아가시고 나서는 그 둘은 스카치테이프 하나를 제대로 붙일 수 있는 여건이 되지 않았다. 연탄보일러를 사용했는데 몸이 불편한 아내분이 힘들게 연탄을 갈았지만 연탄구멍을 제대로 맞추지 못해 불이 꺼지는 경우가 많았다고 한다.

나는 서둘러 사람들을 모았다. 보일러 기사님도 필요했고 수도 녹이는 분도 필요했다. 직원은 사무실에 가서 필요한 장비와 물품을 가지고 왔다. 별일 아닐 거라는 생각으로 오후에 느긋한 생각으로 갔었는데 완전 비상이 걸렸다. 금방 해가 기울어 갔고 일하는 사람들 몸과 손이 꽁꽁 얼어가고 있었다.

비닐하우스를 지탱할 기둥을 보강하고 흔들거리는 가

건물을 고정시켰다. 기울어진 바닥도 어느 정도 높이를 맞추었다. 보일러는 가스보일러로 교체를 했다. 두 분이 연탄을 갈 수 없었다. 비닐이 찢어진 곳에 비닐을 덧대고 바람이 들어오지 못하게 칭칭 감았다. 수도도 간신히 녹여 물을 받을 수 있었다. 여러 사람이 도와서 비닐하우스 안에는 온기가 돌기 시작했다.

그날 일하는 내내 찬 바람이 계속 불었고 찢어진 비닐이 펄럭거리는 소리를 계속 들었다. 집에 돌아와서도 귓속에서는 그 펄럭거리는 소리가 계속 나는 것 같았다. 두 분도 시설에 들어오고 싶었고 우리도 그러려고 했지만, 행정 절차상 문제가 있어서 쉽지 않았다.

그날 이후 겨울 찬 바람이 불어올 때마다 내 귀에서는 바람에 펄럭이는 비닐 소리가 들린다. 마치 그 찢어진 비닐하우스 옆을 지나는 것처럼 생생하게 들린다. 이것은 나에게 있는 일종의 외상후스트레스 장애가 아닐까?

곧 겨울이 온다. 겨울이니까 춥고 찬 바람이 거세게 불 때도 있겠지만, 그것이 당연한 것이지만, 그리 겨울이 달갑지가 않다. 우리나라 기온이 점점 더 올라가서 열대 기후가 된다면 이 증세가 좀 사라질까?

유달산 자락에 깃든 사랑

2017년도에 전라남도 광복절 기념행사로 윤치호 할아버지(1909~1951)와 윤학자 할머니(1912~1968, 일본명 다우치 치즈코)의 이야기가 무대에 올라간 적이 있다. 시간적 배경은 1945년 여름이다. 일제가 패망하고 한반도가 혼란했던 시기, 윤치호 할아버지는 북한군에게는 친일파로 국군에게는 간첩으로 몰리던 시기였다. 전남도립국악단(예술감독 유장영)이 광복 72주년을 기념한 창극 「푸른 바다의 수선화」이다. 윤학

「푸른 바다의 수선화」 연습 장면, 전남일보(2017.08.18)

자 여사 역으로는 박정희 단원이 윤치호 선생 역으로는 윤세
린 단원이 출연했다.

얼마 전에 만난 고향 후배가 당시에 연극을 했었는데 이
프로그램에 참여했다고 해서 놀라웠다. 후배와 그때 연극 이
야기를 나누느라 밤을 새웠다. 후배는 내가 공생원 후손인
것을 알고 놀라워했고 나는 할아버지 할머니 이야기를 무대
로 올린 사람을 만나니 감회가 새로웠다. 두 분의 이야기는
책으로도 나왔고 영화로도 나왔다. 윤기 삼촌이 낸 『어머니

지은이 : 윤기, 홍성사, 1985

영화「사랑의 묵시록」1995년 제작 감독 : 김수용. 주연 : 길용우, 이시다 에리

는 바보야』는 100만부가 팔렸다고 한다.

가만 생각해 보면 목포 거지라고 불리던 윤치호 할아버지는 어떻게 일본인 관료에게 외동딸을 달라고 할 수 있었을까? 어찌 보면 무모한 행위가 아니었을까? 못된 마음만 먹었다면 쥐도 새도 모르게 사라질 수도 있었는데 지금 생각해봐도 윤치호 할아버지나 윤학자 할머니는 대단했던 것 같다.

영화 「사랑의 묵시록」의 한 장면

일을 하다 보니 뜻을 같이하는 사람들이 모이는 것 같아 기쁘다. 이건 내가 잘나서가 아니라 할아버지 때부터 어머니 때를 거쳐 내려온 집안의 덕 때문이라고 생각한다. 어깨가 점점 무거워지는 것을 느끼고 있다. 나는 어디로 가야 할지 어디까지 갈 수 있을지 모르겠다. 한편으로는 어디까지 갈 수 있는지 궁금하기도 하다. 그래서 그 끝까지 가 보려고 한다.

사랑의 묵시록
愛の黙示錄
공생원 윤학자여사의 생애 영화
전라남도 – 일본 고치현 자매결연 체결기념
감독 : 김수용
주연 : 이시다 에리(石田えり) 길용우
•일시_ 2016.10.30.(일)15:30
•장소_ 메가박스 목포점
•주관_ 공생복지재단
•후원_ 전라남도 윤학자공생재단

나는 왜 이 일을 하는가!

다시 직업을 정한다면 당신은 무슨 일을 하고 싶은가?

돈 잘 버는 사업가? 존경받는 교수님? 힘 있는 정치인? 생각만 해도 즐거울 것이다. 반면에 당신이 하고 있는 일을 자녀에게도 권할 수 있는가?

나의 아이들이 내가 하는 복지 사업을 한다면 내심 기쁠 것이다. 하지만 나는 권하고 싶지는 않다. 일이 너무 힘들다. 헤쳐나가야 할 일이 너무 많고 평지는 없고 언덕 너머 더 깊은 골이 있고 그다음에는 더 높은 언덕이 나온다. 그렇게 살다 보니 지금까지 왔다.

앞으로는 어떨까? 이제 나는 나의 부모님, 나의 선배들이 가지 않은 길을 가려고 한다. 지금에서 돌아보면 왜 그들은 이 길을 가지 않았을까? 했던 의문들이 조금 풀리고 있다. 내가 가려는 이 길 또한 너무 힘들고 얻는 것보다 잃는 것이 더 많을 거 같은 불안감이 든다. 하지만 더 이상 미룰 수 없고 누군가는 가야 하는데 내가 앞장서서 나가야 할 시기가 온 것 같은 생각이 들기도 한다. 이게 내 운명이라고 받아들이고 있다.

이 책을 준비하면서 나를 돌아보게 되고 잊고 있었던 것들이 생각나기도 했지만, 나의 초심을 잊지 않고 다짐하게 해 주었다.

나는 성경에 나온 예수님의 비유 말씀 중 '가장 약한 자에게 한 것이 나에게 한 것이다.'라는 말을 가슴에 품고 살았다. 학창 시절에 교회를 다니면서 내 마음속에 자리 잡은 성경 구절이다. 이것이 내 생활의 바탕이다. 장애인 요양시설에 교회에서 봉사를 오면 나는 이렇게 소개한다.

"여기 예수님이 40명 계십니다."

부모님이 고아원을 운영하셨고 그분들의 그런 모습을 보면서 나 또한 언제든지 이 말을 실천할 수 있는 환경이 나에게는 큰 행운이었다.

그리고 나는 선천적으로 '내가 해야 할 일은 내가 꼭 한다.'는 강한 책임감이 있다. 어떻게 보면 독선적이라고 생각될지도 모르겠지만 그런 말이 아니다. 내가 해야 할 일은 책임지고 꼭 한다는 것이다. 내가 아니면 아무도 안 하기 때문에 내가 그 일을 꼭 하겠다는 것이다. 편하고 좋은 일을 내가 다 독식하겠다는 그런 말이 아니라 나와 함께 가는 사람들은 내가 끝까지 책임지겠다는 그런 말이다.

친구들은 나에게 "너는 뜻을 세우고 사람을 모으는 일을 잘한다."고 말한다. 어쩌면 내 진심이 그들에게 통하여 맺은 열매가 아닐까.

나는 역선택을 하며 살아왔다. 남들이 다 서울로 갈 때 나는 제주도로 갔고 남들이 좋은 것을 찾아 나갈 때 나는 사각지대를 찾아 나갔다. 다른 사람이 시장경제로 갈 때 나는 비영리로 갔다. 이제 복지계의 선배님들이 주저했고 가지 않았던 길을 가려고 한다. 나는 실패에 대한 두려움은 없다. 지

금 나는 마치 다윗이 물맷돌 하나 들고 골리앗 장수 앞에 선 것 같은 느낌이다. 내가 아니면 아무도 저 골리앗 앞에 나서지 않을 것 같다. 두렵다. 버겁게도 느껴진다. 어쩜 내가 생각했던 길보다 더 험난할 거란 생각도 든다. 하지만 괜찮다. 내가 해야 할 일이라면 피하지는 않겠다.

그래서 나는 지금 여러분 앞에 서 있는 것이다. 나에게 힘을 보태고 나를 지켜봐 주기를 간절히 바란다. 당신은 지금 나에게 박수를 보낼 준비가 되어 있는지? 내 옆자리에 앉을 수 있는지? 이제 내가 당신에게 묻고 싶다.

너는 오늘이

나와 그대는

같이 앉는다는 건

같은 바다를 바라본다는 건

바람에 마음을 속삭일 수 있다는 것

일어나 함께 갈 수 있다는 것

2부
내일을 그리다

양계장 모임

2002년 제주장애인요양원을 개원했다. 34살이었고 제주로 온 지 6년 만이었다. 법인과 시설을 세우는 것이 평생의 소원이었다. 내가 자립해서 법인과 시설을 세우는 것, 그것이야 말로 부모님께 내가 스스로 자립한 것을 보여주는 것이고 가족과 주변인들에게도 인정받는 것이라 생각했다. 법인과 시설은 내 삶의 전부였고 내가 알고 있는 유일한 세상이었다. 나는 다른 일은 생각해 본 적이 없다. 그런데 막상 법인을 설립하고 보니 약간 허무한 생각이 들었다. 다음 목표가 없었다. 50대가 되어야 설립할 줄 알았는데 생각보다 빨리 이룬 것이 잠시 나를 흔들리게 했다. 협회 회의에 나가도 내가 제일 어렸다. 쟁쟁한 선배들 앞에서 나는 또 혼자가 되었다.

그나마 오랫동안 사회복지 일을 해서 무시당하는 경우
는 없었다. 3대를 거쳐 법인과 시설 일을 하니 부러워하는 사
람들도 있고 시기하는 사람도 많았다.

일찍 원장이 되니 나는 복지를 더 넓게 보는 시야가 생
긴 것 같다. 내가 운영하는 한 시설만 보는 것이 아니라 다른
사회복지 기관들도 눈에 들어오게 되었고 서로 다른 분야의
복지 기관과의 유대의 중요성도 알게 되었다. 하고 싶은 일
이 생긴 것이다.

마흔이 될 무렵 내 또래 원장들이 생기기 시작했다. 그
중에는 일을 하면서 알고 지낸 사람도 있었다. 나는 그 사람
들을 모아서 모임을 만들었다. 모두 닭띠여서 "양계장"이라
고 이름을 지었다. 처음에는 친목 모임으로 시작하였다. 비슷
한 일을 하는 사람들이니 서로 의지하고 도움을 받았다. 일
하면서 쌓인 스트레스를 함께 풀었다. 서로의 처지를 잘 알
고 있으니 힘든 일이 있을 때마다 돕고 위로했다. 특히 나에
게는 없어서는 안 될 중요한 사람들이다. 한 명 한 명이 나에
게 큰 힘이 되고 오늘의 나를 있게 한 든든한 후원자들이다.

양계장 회원들과 함께한 송년회

일을 하다 보니 나 때문에 곤란한 처지에 처한 친구도
있었다. 지금은 웃으며 만나지만 그때를 생각하면 지금도 미
안하다. 나보다도 더 열정적인 친구들도 많다. 그들 중에는
나보다 능력도 좋고 추진력도 뛰어난 친구들도 있다. 그런
그들이 나를 모임 대표로 내세웠다. 양계장 친구들과 함께
활동하면서 많은 것을 배우고 도움을 받았고 또 도전을 받
았다. 이 모임이 없었다면 나는 그저 그런 시설 원장으로 매
너리즘에 빠져 그 위치에 머물렀을 것이다. 양계장 친구들은
나를 격려하고 내가 잘못 생각하는 부분은 여지없이 지적해

준다. 나는 그 친구들의 말을 늘 겸허하게 받아들이려고 한
다.

　제주에서 요양원 원장으로 활동하면서 또 사회복지계
에서 활동을 하면서 많은 것을 보고 배웠다. 2009년에는 제
주사회복지미래연구회장도 맡았고 2010년에는 제주사회복
지아젠다포럼도 개최하였다.

　2019년 제주총회에서 협회장으로 당선이 되었다. 그때가
51세이었다. 이때를 기점으로 나는 행동반경이 넓어졌다. 2021
년에는 대선집회정책기획단장을 하면서 '사회복지10대아젠

2021년 사회복지비전선포대회 (코엑스)

2021년 사회복지비전선포대회에서 강단에 섰다.

다'를 발표하였다. 2022년 협회장에 재선하였으며 그해 7월에
는 한국사회복지시설단체협의회 상임대표에 선출되었다.

제주에서 활동하면서 나는 각 사회복지계를 연합할 수
있는 가능성을 보았다. 나에게는 중요한 경험이었다. 사회복
지계를 연합하고 하나로 뭉치고 싶었다. 우리는 소외된 사람
들을 대변해야 했다.

아버지는 최중증요양원은 '남이 안 하는 일'을 하는 것
이라고 했다. 힘든 일이지만 나는 그 일을 충실히 하고 있다.
이제는 '남이 하기 어려운 일'을 해야 할 차례라고 생각한다.
아무나 할 수 없는 일이다. 하지만 누군가는 해야 하고 꼭 필
요한 일이라고 생각한다. 그 가능성을 나는 제주에서 확인했
다.

이제 규모가 커졌다. 전국에 있는 각 복지단체를 모아
한 목소리를 내야 한다. 이것이 우리 사회복지 단체가 해야
할 과제라고 생각한다. 당신의 지지가 필요하다. 내가 지향하
는 것을 이루려는 것이 아니라 우리가 지향하는 것을 이루려
한다. 우리 사회에 꼭 필요한 것이 무엇인지 함께 머리를 맞
대고 의논해 보자. 나는 보편적 복지를 반대하는 것이 아니
다. 소외되고 있는 최약자를 우선 챙겨야 한다는 것이다.

우리가 하나로 뭉치면 더 멀리 갈 수 있다. 우리 사회를
더 든든하게 지탱할 수 있다고 믿는다.

같이 걸어가요

첫발을 내딛기가 참 어렵습니다

이 길에 답이 있다고 믿습니다

어쩐지 길이 좁고 험해 보이더라고요

배운 대로 본 대로

그렇게 하렵니다

공생원 설립 95주년

올해로 공생원이 설립된 지 95주년을 맞았다. 10월 13일을 공생원 설립 95주년 기념행사가 목포 공생원에서 있었다. 기념식에는 복지계에 종사하는 주요인사뿐만 아니라 현직 대통령 내외가 방문하셨다. 현직 대통령이 목포를 방문한 것은 이례적인 일이었다. 대통령의 방문으로 행사 준비가 더 바빠졌다고 했다.

공생원은 1928년 윤치호 전도사가 목포에서 처음 시작하였다. 윤치호는 1909년 6월 13일 전라남도 함평군 대동면 상옥리 옥동부락에서 윤영대와 권채순의 장남으로 태어났다. 그는 옥동부락에 정착한 파평윤씨 종손으로 태어났으나, 몰락하여 소작으로 생계를 유지하기도 어려운 형편이었다. 어린 시절 정규 교육을 받지 못했고 1923년 14세에 아버지 윤영대가 사망하면서 소년가장이 되었다. 1924년에 한 미국인 선교사가 윤치호를 함평의 개척교회인 옥동예배당의 미국인

줄리아 마틴 선교사(마율례,1869~1944)는 목포에서 33년을 독신으로 살면서, 고아 및 한센병 환자의 이웃으로 살며 복음을 전하였다. 목포중앙교회 설립, 정명여학교 교장 그리고 진도 등 농어촌 지역을 순회 전도했다. 미국 캔사스 주 하이랜드에서 태어났으며 1908년 9월 39세에 선교사로 한국에 왔다.

기독교 여선교사 줄리아 마틴(Jullia Martin, 한국어명 마율례)에게 소개를 해주었다. 그녀는 윤치호를 받아들여 자신의 조수로 채용하였다. 그녀의 후원으로 경성부의 피어선기념성경학원(현 평택대학교)에 입학하였다. 피어선 성경학당을 마치고 1927년 목포로 내려와 학당에서 배운 목공 일을 발판으로 나사렛 목공소를 차려 목수 일을 시작하였다. 그리고 전라남도 최초의 개척교회인 양동교회에 다니며 전도사로도 활동했다. 그러다가 1928년 당시 부모를 잃은 7명의 아이들과 함께 생활하게 되면서 공생원은 시작되었다. 윤치호 할아버지는 아이들과 주민들의 도움을 받아 손수 집을 지으셨다. 그

공생원 아이들이 함께 집을 짓고 있는 모습

리고 그 옛날에 이러한 일들을 사진으로 담았다. 할아버지는 어떻게 사진을 찍어 남길 생각을 했을까. 지금 이런 사진이 없었더라면 공생원의 역사는 구전되어 내려왔을 것이다. 윤치호 할아버지는 선견지명이 있었던 것 같다.

일제 치하였고 일반인도 가난하던 시절이라 공생원의 가난은 말할 필요도 없을 것이다. 윤치호 전도사는 목포 거지로도 불렸다. 하고 다닌 행색이 볼품이 없었을 것이다. 그런 그가 일본 관료의 외동딸에게 청혼을 하고 결혼을 하게 된다.

그녀의 이름은 다우치 지즈코이다. 그녀는 1912년 10월 31일 일본 시코쿠 고치현 고치시 와카마쓰초에서 외동딸로 태어났다. 7세 때인 1919년 조선총독부 목포부청 하급관리인 아버지의 근무지에 따라 양친과 함께 조선으로 이주하였다. 1931년 목포고등여학교를 졸업하고, 1932년 목포정명여학교에서 음악교사로 근무하였다. 1936년부터 고등여학교 은사의 소개로 공생원 봉사를 제안받아 봉사활동을 하였다. 공생원에서 음악과 일본어를 가르치는 봉사를 하면서 윤치호 전

윤차호 할아버지와 윤학자 할머니의 결혼 사진 (1938.10.15)

도사를 만나게 되었다. 1938년 두 사람은 결혼하였고 결혼하면 남편의 성을 따라가는 일본의 풍습에 따라 다우치 지즈코는 윤학자라는 이름으로 고쳐졌다.

공생복지재단은 호남서 가장 오래된 사회복지시설이다. 지난 6·25전쟁 당시 윤치호 전도사가 실종 후 부인 윤학자 여사가 사망 때까지 공생원을 운영하며 한국 고아 4,000여 명을 돌봤다. 이러한 공로를 인정받아 윤학자 여사는 일본인이었지만 1965년 제1회 목포 시민의 상을 받기도 했다.

전국체전 개막식 참석을 위해 목포를 방문했던 윤석열 대통령 내외도 공생원 설립 95주년 기념식에 참석해 자리를 빛내주셨다.

이날 기념식에서 대통령은 "사회적 약자·취약계층을 더욱 두텁게 지원하는 약자복지를 실현해 나가겠다."라고 밝히면서 '김대중-오부치 선언'을 언급하며 "이 선언은 바로 공생원에서 출발한 것이라고 생각한다."고 밝혔다.

두 분의 러브스토리는 시대와 역사를 초월한 사랑으로 묘사되고 있다. 책과 연극과 영화로 많이 회자하고 있으며 지금의 국제정세에 있어 한·일 교류에 큰 역할을 하고 있다

공생원 수선화 합창단과 함께한 윤석열 대통령 내외 (대통령실 제공)

고 본다.

이날 공생복지재단 어린이들·장애인으로 구성된 '수선화 합창단'의 공연이 있었다. 공생원의 수선화합창단은 1970년 11월 음악교사였던 윤학자 여사의 영향을 받아 창단되었다. '수선화'는 평소 윤학자 여사가 좋아하시던 꽃이다. 합창단 구성은 공생원에서 생활하던 소녀들이었으나 현재는 발달장애인과 소년들도 함께하고 있다. 창단 이래 53년 동안 공생원을 방문하는 방문자, 후원자, 자원봉사자들의 많은 사랑받았으며 지금은 지역사회와 해외에도 초청받는 합창단이 되었다.

윤학자 어머니의 고향에 가고 싶다는 공생원 아동의 소원을 듣고 일본고치현 미조구치지사의 초청을 받아 일본항공의 도움으로 제1차 일본 공연이 시작되었고, 1976년 제2차 일본 순회공연, 1982년 제3차 초청 공연에 이어 1997년에도 일본 고치시에 윤학자 여사 기념비가 세워지던 당시에는 공생원 중고등학생 전원과 수선화 합창단이 방문했으며 그 후 한일 친선 아동 교류 등 문화 교류도 이어지는 등 한일 우호 가교 역할도 하고 있다.

윤석열 대통령 내외는 공생복지재단 설립 기념식 참석에 앞서 윤치호·윤학자 기념관을 둘러보기도 하셨다.

이날 행사에는 김황식 전 국무총리, 김영록 전남지사, 박홍률 목포시장, 전국 사회복지단체장, 공생복지재단 직원 등 500여 명이 참석했다. 또 에토 세이시로 자민당 중의원, 쿠마가이 나오키 주한일본공사 등 일본 측 관계자들 100여 명도 참석했다.

윤학자 여사 사후 윤기 삼촌이 공생원을 이어받아 3개 법인과 산하에 많은 재단을 성장시켰다. 현재 한·일 양국 시

설을 운영 중이다. 5년 후면 공생원 설립 100주년을 맞이한
다. 3대에 걸쳐서 고집스럽게 지켜왔다. 가난과 폐허로 아무
것도 없었던 시절, 이념으로 혼란했던 시절, 오로지 사랑을
실천하는 일에만 전념했다. 모두가 사랑해야 한다고 말을 하
고 가르치지만 사랑을 이룬 곳은 얼마나 있을까? 나는 공생
원이야 말로 사랑을 실천하고 그 열매를 맺은 곳이라고 생각
한다. 5년 후 100주년 플래카드가 펄럭일 걸 상상하니 벌써
감정이 벅차오른다.

윤석열 대통령에게 윤학자 여사의 제1회 〈목포시민상〉 수상을 설명하고 있는 윤기 삼촌

윤학자 여사 탄생 111주년

2023년 10월 31일은 윤학자 여사 탄생 111주년이었고 기념행사가 11월 1일에 목포 공생원에서 있었다. '1' 세 개가 겹쳐 호사스럽기도 하지만 이번 기념일이 더 의미가 있는 것은 감사비 제막식이 함께 열리기 때문이다.

같이 활동하는 원장님들과 지인 몇 분과 함께 기차를 타고 목포 공생원으로 가기로 했다. 출발하는 곳이 다르므로 도착 시각만 맞췄다. 두세 명씩 따로 자리를 예매하고 KTX를 탔는데 가다 보니 모두가 10호 칸에 타고 있었다. 옹기종기 모여 있는 것을 보니 우리 일행이었다. 사람들과 인사를 하며 지나가는데 윤기 삼촌도 그 칸에 있었다. 예상하지 못한 일이었다. 삼촌과 반갑게 인사하고 내 일행이 있다고 하니 윤기 삼촌이 그 사람들을 만나고 싶어 했다. 조카가 어떤 사람들과 다니는지 보고 싶으신 것 같다. 윤기 삼촌은 몇 사람들과 인사를 하고 한자리에 앉아서 내 일행 한 무리와 담소를 나눴다. 윤기 삼촌은 처음에는 조심스럽게 사람들을 살 폈다. 자세히 보기도 하고 무슨 일을 하는지 물어보기도 하고 하더니 어느새 사람들이 마음에 들었는지 활짝 웃으며 이야기를 나누었다. 옛날이야기도 하고 지금 준비하는 일들도 이야기하는 등 한참을 사람들과 이야기를 나눴다. 80이 넘는 연세에 아직도 삼촌에게 꿈이 있었다. 그래서 더 건강하신 것 같았다. 옆에서 그 모습을 보고 있으니 감사하고 고마웠다.

삼촌은 보다 진취적이고 틀에 얽매이지 않는 삶을 강조했다. 좀 더 크게 생각하고 자신들이 알고 있는 경계를 뛰어 넘으라고 했다. 지인들은 그동안 궁금했던 것들을 삼촌에게 줄줄이 질문하였다. 공생원부터 윤치호 선생이나 윤학자 여사에 관한 질문들이 쏟아졌는데 삼촌은 귀찮아하지 않고 또렷하고 상세하게 이야기를 해 주셨다. 특히 윤기 삼촌과 어머니인 윤학자 여사와 있었던 소소한 이야기를 생생하게 들려 주셔서 지인들이 더욱 흥미로워했다. 삼촌은 어머니를 다룬 책 『엄마는 바보야』를 발간하면서 있었던 이야기나 영화 "사랑의 묵시록" 제작에 관한 이야기를 해주며 지인들에게 일하는 스케일이 작다고 넌지시 지적하기도 하였다. 삼촌

나의 일행들과 즐겁게 이야기를 나누고 있는 윤기 삼촌
이도훈 대표, 윤기 삼촌, 정은주 원장, 임재경 원장 (왼쪽부터)

은 그릇이 큰 분이시다. 아직도 하고 싶은 일이 많고 늘 큰 계획이 있으시다. 지인들은 영화를 만들기 위해 동경과 오사카 그리고 목포에서 각각 1억 엔씩 모금을 했다는 말을 듣고 놀랐다. 1990년대에 1억 엔이면 한화로 10억이고 지금의 가치로 보면 100억쯤 되는 돈인데 오사카나 동경은 그렇다고 해도 목포에서 100억을 모으는 것이 가능했을까? 지인들은 삼촌에게 다시 질문했다. 삼촌의 답은 간단했다. "목포에서 100억을 모으는 것이 상식적이지 않았지만, 어머니 영화를 만들겠다고 300억 원을 모금하려는 나는 더 상식적이지 않았다." 우리들은 윤기 삼촌이 무엇을 말하는지 바로 알아들었다.

일본 요도바시 교회 중창단의 감사 (사랑의 시) 공연

행사장에서 만난다면 삼촌이 정신없이 바쁘고 주변이 분주해서 인사를 해도 누가 누군지 기억을 못 할 텐데 하고 나는 내심 걱정을 했다. 그런데 내 지인들에게 이렇게 소중한 시간이 허락되어서 더욱 감사했다. 그날 행사를 마치고도 우리는 내내 윤기 삼촌 이야기를 했다. 지인들은 윤기 삼촌에게 배울 것이 너무 많다고 했다. 나 또한 그렇게 생각하고 있었다.

행사에는 많은 사람이 참여했다. 여러 복지 단체가 참여

'목포시민 감사합니다' 감사비 제막식

한 것은 물론이고 기독교 단체에서도 많은 분이 오셨다. 멀리 일본에서도 손님들이 많이 왔고 요도바시 교회 중창단이 와서 축가로 「감사 (사랑의 시)」를 불러줬다.

'목포시민 감사합니다.'라고 쓰인 윤학자 여사 탄생 111주년 기념 감사비 제막식이 있었고 덮여있던 흰 천이 벗겨진 후에 기념비는 공생원에 앉아 넓은 바다를 보고 있었다. 윤학자 할머니가 실종된 윤치호 할아버지를 한평생 기다리며 바라보던 바다이다.

작사 미네노 다츠히로
작곡 다나카 케이코

목포시민 감사합니다

田内千鶴子生誕110周年記念

作詞（原詩）峯野龍弘
作曲　田中惠子

감사 (사랑의 시)

작사 미네노 다츠히로 / 작곡 다나카 케이코

닦아 주신 눈물에 슬픔이 기쁨으로 변합니다.

어떤 슬픔도 치유하는 목포의 사랑

모든 죄를 감싸는 풍성한 사랑 감사합니다.

시대는 변하고 사람도 변합니다

변하지 않는 것은 이곳 목포의 사랑

국경을 넘어 바다를 건너 변함없는 사랑 감사합니다.

위로와 격려로 사랑이 가득한 도시

사람들을 소생시키고 높여 주는 곳

사랑과 평화가 이루어 낸 사랑의 도시 감사합니다.

목포에 오면 반드시 알게 되는

따뜻한 사람들의 사랑

진실과 정의를 믿고 행하는 사랑 감사합니다.

행사를 지켜보면서 윤학자 할머니가 얼마나 대단했는지 다시 한번 깨닫게 되었다. 4남매를 고아들과 함께 키웠고 그 후손들이 장성하여 복지 일을 계속 이어받아 가고 있다.

"내가 진실로 진실로 너희에게 이르노니 한 알의 밀이 땅에 떨어져 죽지 아니하면 한 알 그대로 있고 죽으면 많은 열매를 맺느니라"(요한복음 12장 24절)라는 성경의 구절을 보면 윤학자 할머니야말로 한 알의 밀알로 많은 열매를 맺은 성서의 산증인이시라고 말하고 싶다. 윤학자 할머니의 장례식에는 목포 시민의 1/5인 3만여 명이 참석을 했다고 한다.

윤학자 여사는 목포시민에 대하여 늘 감사하는 마음을 갖고 사셨습니다. 나도 이것을 잊지 않고 평생 빚을 갚는다는 마음으로 살아가겠습니다.

윤학자 여사 탄생 111주년 기념 감사비

감사비 뒷면과 배경 장식물

우리도 남반구로 이사 가요

영국이나 호주 등 복지 선진국에서는 장애인 개인예산과 같은 제도를 운영하고 있다. 큰 틀에서는 맞는 정책이다. 하지만 부분적으로 발달장애인 등 의사결정 능력이나 재정 관리 능력이 부족한 장애인의 경우는 후견인 등 안전장치가 필요하다. 이 제도는 많은 고민이 필요하다. 우리가 현실을 무시하고 이상만 좇을 수는 없다.

서비스의 질을 높이는 데에도 긍정적이지만 문제는 풍족한 복지 예산이다. 복지는 경쟁보다는 보편적인 것이 맞다. 하지만 우리의 실정은 어떤가? 복지 예산이 풍족한가?

우리 복지의 처음은 민간에서 시작되었다. 전체 마스터플랜 없이 현장에서의 욕구NEED를 그때그때 대응하면서 만들어 나가기 시작했다. 민간이 시작하면 연구자들이 연구하고 그것을 토대로 정책에 반영한다. 시범사업을 거쳐 입법과정을 들어가 예산을 분배받고 시행을 할 때쯤에 현장에서는

영국 연구연수 중 런던 빅뱅 앞에서

새로운 NEED가 생긴다. 10년의 과정을 마치고 뭔가를 이루려 할 때쯤 새로운 사회 욕구를 감당하기 위해 다시 처음부터 새로운 것을 시작해야 한다. 그러면 또 절차를 밟아 나간다. 이처럼 제도가 현상을 따라가지 못하고 있는 것이 오늘 우리의 복지 현실이다.

영국에서는 일선 시설에서 비용을 청구하면 관에서는 100% 지출해 준다고 한다. 민간과 관이 얼마나 신뢰를 쌓고 있는지 말해주는 좋은 실례라고 하겠다. 영국 연구연수 중 영국 시설 몇 곳을 방문하였는데 이 얘기를 듣고 많이 부러웠다.

자원 선진국인 호주는 천연자원 수출국이다. 거기에다가 농수산물 수출국이기도 하다. 북반구와 남반구의 계절은 반대이다. 그러다 보니 북반구에 식량이 떨어질 때쯤이면 곡물가격이 오르는데 남반구에 있는 호주는 그때가 곡물이 나

호주의 2022-2023 회계연도가 끝나는 6월 30일 기준 천연자원 수출로 얻은 수입액은 4,643억 호주달러, 한국 돈 약 409조 원에 달한다고 한다. / 사진은 호주 시드니 오페라 하우스.

오는 시기이어서 북반구에 비싸게 곡물을 팔 수 있다. 또 반대로 북반구에서 가을걷이를 할 때 값싸게 곡물을 수입할 수도 있다. 얼마나 절묘한가.

호주는 천연자원만 퍼다 팔아도 복지 예산을 충족할 수 있다고 한다. 매년 자원 수출 규모가 커지고 있다. 하지만 우리는 어떤가? 우리는 천연자원이 아닌 일을 하고 물건을 생산하고 수출을 해서 돈을 벌고 그런 과정에서 세금을 걷어 나라 살림을 운영하고 있다. 경기가 휘청거리면 제일 먼저 타격을 받는 부분이 복지 예산이다.

한국 복지는 얇고 넓게 펼쳐져 있다.

프랑스 파리에서 박사과정을 마친 사람이 봉사하러 온 적이 있었다. 그분이 마지막 박사 논문을 준비하느라 아르바이트를 줄이고 궁색한 생활을 하고 있는데 주민센터에서 찾아왔다고 한다. 그리고는 생활하는 것이나 필요한 것을 묻고 자신들이 무엇을 도와주면 되겠냐고 오히려 본인에게 묻더란다. 이 친구는 "나는 유학생인데 나한테도 이런 것을 묻느냐?"고 물으니 파리에 살면 다 파리 시민이라고 답했다고 한다. 그분은 필요한 것들을 말했고 주민센터에서 나온 사람들은 자신들이 제공해 줄 수 있는 최대한의 것을 이야기해 줬다고 한다.

나는 보편복지를 반대하지 않는다. 보편복지가 복지의 답이라고 생각한다. 그런데 전제조건에 합당하지 않기 때문에 지금은 실현할 수 없는 것이 현실이라는 것이다. 당신이 모르는 사각지대가 있다. 그들은 발언할 수 없고 힘이 없고 표가 안 되니 모든 사람에게 잊혀 가고 있다. 그들의 손을 놓으면 안 된다. 그들은 우리의 잃어버린 양이기 때문이다.

운동장이 기울고 있다!

요새 매스컴에서 '운동장이 기울었다.'라는 표현이 많이 나온다. 정말 복지 분야도 운동장이 심하게 기울고 있다.

인권단체인가 이권단체인가?

　도가니 사건으로 인해 대한민국은 한바탕 홍역을 치렀다. 비인간적인 사건으로 온 국민은 시설의 인권문제에 관심을 보였다. 이때부터 전장연(전국장애인차별철폐연대)은 시설 인권문제를 비난하기 시작했다. 그때 이들은 장애인 당사자로서 활동했다. 그들의 목소리는 진정성이 있었고 시민들에게 설득력 있게 다가갔다. 하지만 그들은 이후 공급자로 변하여 활동지원 등 많은 사업을 진행했다. 지금은 많은 수익을 내며 정말 이들이 인권단체인지 이권단체인지 의문이 든다. 전장연의 활동지원예산은 10여 년 전 2,000억의 예산을 배정받았으나 지금 2조 원의 예산을 받아내고 있다. 시설이 5,000억 원 예산에서 1,000억 원이 늘어난 6,000억 원에 머문 것에 비교해 보면 어마어마한 것이다. 시설 복지는 구도심이 되었고 전장연이 활동하는 영역은 신도시가 된 것이다.

전장연은 '시설은 감옥이다.'라는 자극적인 슬로건으로 복지 시설을 공격하며 자신들의 입지를 굳혔다. 복지 시설 종사자들은 여러 구조적인 악조건에서도 신념을 갖고 일해 온 착한 사람들이다. 전장연의 불손한 슬로건으로 인해 종사자나 시설 이용자들이 많은 상처를 받았다. 전장연은 공격적인 자세로 예산을 강탈하듯 빼앗아 갔고 더 많은 예산을 요구했다. 하지만 복지부에서 더 이상 예산을 늘릴 수 없자 기획재정부를 압박하기 위해서 지하철에서 '출근길저지' 시위를 벌인 것이다.

장애인 단체는 감사를 제대로 할 수 없었다. 그들이 막무가내식으로 저항을 하면 손을 쓸 수가 없다. 장애인들이 시위를 하면 대부분 사람들은 대응하지 못한다. 이번 지하철 출근길저지 시위도 그러한 모습을 잘 보여주었다. 시위는 할 수 있다고 해도 왜 출근하는 시민들을 괴롭히는지 모르겠다.

활동지원센터에 비리가 있으면 그 센터를 어떻게 처리할 수 있겠는가? 그곳에서는 문제가 발생하지 않았겠는가?

어떤 제도에도 허점이 있다. 그럴 때 그것을 부정하는 것이 아니라 보완하고 정비해 나가는 것이 답이라고 생각한다. 당사자에서 공급자 단체로 바뀐 전장연은 급진적 개혁을 요구하고 있다. 다양성을 인정하지 않고 모든 것을 싹 바꿔서 뒤집어엎으려고 한다. 그러면서 본인들의 잇속을 챙기려고 하니 문제가 된다.

지난 10년 동안 시설 복지는 역차별을 받아왔다. 시설도 필요하고 활동지원도 필요하다. 기존 시설은 NEED에 따라 더 다양화해야 하고 발전되어야 한다. 선택권도 확대하고 부정수급에 대한 보완책도 더 강화해야 한다. 모두가 더 투명해져야 하고 지도 감독도 더 강화해야 한다. 이미 사회복지 시설은 다양한 지도 감독을 받고 있다.

코로나와 최근 경제위기를 지나오면서 시설은 더 큰 시련을 겪었다. 후원자가 현저하게 줄었고 봉사자들의 발길도 줄었다. 코로나 방역이 해제된 시점에서도 좀처럼 예전만큼 회복되지 못하고 있다.

가장 큰 피해를 본 사람은 시설 입소 대기자분들이다. 더 이상 버티지 못한 사람들이 기댈 곳은 시설뿐이다. 여러 가지 이유로 시설 입소가 여의치 않다. 아직도 대기자가 많

전장연의 시위 모습 (newsnavercom 포토뉴스, 연합뉴스 제공, 2022,04,21)

전장연의 지하철 시위를 비판하는 기자 회견

다. 뉴스에서 위기에 처한 가족들의 극단적 선택 소식을 들으면 너무 가슴이 아프다. 더 시급한 것이 사회 최약층이 필요한 것을 파악하고 시설은 다변화하는 것이다.

스마트복지

스마트폰이 나온 지 얼마 되지 않아 급속도로 퍼졌다. 신문명이 파도가 아니라 바람을 타고 우리 생활 속에 파고들었다. 손바닥만 한 이 작은 것에서 우리가 상상했던 그리고 상상하지 못했던 일들이 일어나고 있다.

사회복지도 변해야 한다. 시대와 상황이 많이 변했고 우리의 의식이나 여건도 많은 변화를 가져왔다. 한국전쟁으로 나라가 피폐해지고 하루 한 끼는 고사하고 생명을 유지하기도 버거운 시절이 있었다. 전쟁으로 가족을 잃은 아이들, 포격으로 몸을 다친 사람들…. 한국전쟁에 참전했던 참전용사의 인터뷰를 보면 그때의 광경은 말로 설명할 수 없을 정도

윤치호 전도사와 공생원 원아들

로 비참했다고 한다. 그때의 아이들이 그 상황 속에서 살아 있는지 눈시울을 붉히면 회고하던 모습이 기억난다. 국가와

사회가 손을 쓸 수 없을 때 한국의 고아원이 시작되었다. 법과 제도가 바탕이 된 것이 아니라 먼저 현장에서 시작하였고 법과 제도가 따라왔다. 현장에서는 필요한 것이 그때그때 요구되는 것에 반해 법과 제도는 늘뒤따라오고 있는 것이다. 그렇게 우리의 사회복지가 전개되어 나갔다.

지금은 어떤 상황인가? 거미줄처럼 넓게 퍼져서 서로 연동되어 움직이지 못하고 파편화 분절화되어 있다. 국민들의 복지체감도는 저하되고 효과적이고 효율적으로 서비스가

전달 되지 않고 있다. 마치 대학입시 수시논술을 하듯 내가 받을 수 있는 혜택을 찾느라 허덕이고 있다. 어떤 것은 중복이 되어있고 어느 것은 누락이 되어있다. 이런 경우는 가능한데 또 저런 경우는 안된다고 한다. 모두가 혼란스럽고 힘든 상황이다. 대부분 이용자는 정보소외자들이다. 그들 스스로는 아무것도 할 수 없는 경우가 많다.

예산을 효율적으로 사용하기 위해서는 중복되는 부분을 찾아내고 비용을 좀 더 효율적으로 관리하기 위해서는 산재해 있는 자료들을 함께 관리해야 하는 복지플랫폼을 만들어야 한다.

예전과 같은 신청주의 방식은 안된다. 제도가 바뀌면 대
상자도 바뀌는데 그 내용을 이용자들이 쫓아다닐 수가 없다.
분절화되고 파편화된 전달체계 및 서비스를 리뉴얼해야 한
다. 쫓아가는 복지가 아닌 찾아가는 복지가 이루어져야 하는
데 빅데이터나 IT 장비를 이용한 스마트 복지가 필요한 시점
이다.

모든 시설서비스를 폐지하고 재가서비스만 확대하는
이분법적 서비스 전달체계를 개편을 탈피하여 시설서비스와

재가서비스의 균형과 연계서비스를 제공을 통하여 사회적 약자의 선택권을 보장하는 방향으로 정책을 수립해야 한다.

우리는 스마트복지를 할 수 있는 모든 것을 이미 갖추고 있다고 생각한다. 우리는 못하고 있는 것이 아니라 안 하고 있는 것이 맞다. 영리를 취하는 어플들은 눈이 부시게 발전하며 매일 새로운 것들이 나오고 있다. 하지만 복지는 비영리다. 돈을 버는 곳이 아니라 돈을 써야 한다. 그래서 복지는 국가가 나서야 한다. 경기가 위축되면 제일 먼저 움츠러드는 것이 복지이다. 급하니까 쓰는 돈을 줄이는 것이다. 수출로 먹고사는 우리 경제의 단면이라고 할 수 있을 것이다.

최근 활동지원 예산이 급격히 늘어나면서 여기저기에
서 자성의 소리가 나오고 있다. 복지 예산은 꼭 필요한 사람
에게만 전달되어야 한다. 스마트복지로 효율성을 높이고 적
재적소에 손을 뻗어 보다 안정적인 복지제도를 펼쳐야 한다.

헤겔의 '정반합'의 원리

　　헤겔은 18세기 후반에서 19세기 초반에 활동한 독일의 대표적인 철학자로 그의 대표적인 사상은 변증법과 정반합의 원리이다. 변증법은 대립하는 두 가지 개념이나 사상에서 새로운 개념이나 사상을 도출하는 방법론을 말한다. 주로 '논제', '반논제', 그리고 '정합'의 세 단계로 이루어진다. 논제(Thesis)는 초기의 주장이나 상태를 의미하고 반논제

(Antithesis)는 초기의 주장과 상반되거나 대립하는 주장이나 상태를 나타낸다. 정합(Synthesis)은 논제와 반논제 사이의 충돌에서 새롭게 탄생한 개념이나 상태를 표현하는 방법이다.

어렸을 때 즐겨보던 만화 중에 톰과 제리가 있다. 고양

제리를 공격하려는 톰 (화면 캡처, 미국 워너 브라더스 소유)

이 톰이 생쥐인 제리를 잡으려고 한가지 방법을 고안해 냈다. 그리고 제리를 잡으려는 순간 뜻하지 않는 어떤 일로 인해서 제리를 놓치고 만다. 실패한 것이다. 그리고나서 톰은 새로운 방법을 고안해 내고 또 제리를 잡으려고 시도한다.

그런데 나는 여기서 의문이 생겼다. 왜 톰은 다시 시도하지 않았을까? 톰이 생각해낸 첫 번째 방법은 너무나 좋은 계획이었다. 첫 시도에서 실패한 것은 그 방법 자체에 문제가 있어서가 아니라 다른 사소한 문제, 톰이 미끄러졌다던가 생각지도 못한 곳에 부닥쳤기 때문이었다. 계획을 수정해서 다시 시도하면 좋았을 건데 톰은 매번 새로운 방식을 고안하려고 애썼다.

헤겔은 합리적인 방법인 정반합의 원리를 제시하였다. 너무도 당연한 것 아닌가! 일이란 것은 보완하고 수정해서 더 잘하면 되는 것이다. 일에 문제가 생겼다고 다 갈아엎고 처음부터 다시 하자는 것은 무모한 짓이다. 우리는 해변에서 모래 쌓는 놀이를 하는 것이 아니다. 복지라는 일에는 많은 세금이 사용되고 위급한 많은 목숨이 달려있다. 어느 누구나 단체의 이익을 위해 좌우돼서는 안 된다.

문제를 해결하는데 이분법적으로 접근해서 이건 틀렸고 이것만 맞는다는 식으로 정책을 펼치는 것은 잘못된 것이다.

시설서비스와 재가서비스의 균형과 시설 연계 재가서

비스의 제공을 통해서 이용자의 선택권을 보장하여야 한다. 소규모 시설 지원체계도 개선해야 한다. 또한 현장의 요구를 반영한 다양한 형태의 서비스도 개발하여야 한다.

조현병 등 각종 정신질환자가 증가하고 있고 우울증 등 각종 정신취약자가 늘어나고 있다. 중증정신질환자나 마약 중독자, 사회부적응자에 대한 전반적인 정신건강지원 및 상담서비스의 수요가 더 늘어날 것이다. 이것에 대비해서 전문 인력을 양성하는 등 대비를 해야 할 것이다.

이렇게 해야 할 일들이 산재해 있는데 누가 맞고 틀리고를 따지느라 에너지를 소모해서 되겠는가.

모든 것을 뒤집어엎고 새로운 혁명으로 세상을 바꿀 수 없다. 세상은 천천히 수정되면서 더 발전할 것이라고 나는 믿는다.

천사는 여기 다 있어요

어느 고3 학생이 담임 선생님과 진로상담을 하였다. 아이는 사회복지학과에 진학하고 싶었지만 담임 선생님은 그 분야 일이 힘드니까 다른 진로를 생각해 보라고 했단다. 같은 반 친구도 그날 담임 선생님과 진로상담을 했는데 그 학생도 사회복지학과를 가고 싶어 했다. 그런데 담임 선생님은 그 학생에게는 '좋다.'라고 말을 했다고 한다. 그래서 다음 날 이 학생은 담임 선생님에게 나는 왜 안 되고 내 친구는 된다고 했는지 이유를 물었는데, 담임 선생님의 말 "걔는 착하잖아."

사회복지사들은 정말 착하다. 착하지 않은 사람이 없다. 착하다 못해 어떨 땐 바보스럽기도 하다. 자신의 감정이 다치고 상한 것은 신경 쓰지 않고 상대방이 상처받았을까 봐 고심하고 괴로워한다. 옆에서 보면 속상할 때가 많다. 사람들이 이렇게 착하니 자신의 이야기를 다 못하는 것 같다. 그래서 우리는 늘 소수처럼 보이고 발언권이 없는 무리처럼 보

였다. 복지현장에서는 다양한 폭력에 노출이 되어있다. 환경, 신체, 정서, 언어적인 폭력들이 늘 상존하고 있다. 살얼음판을 걷는 것처럼 하루하루가 아슬아슬하고 불안하다.

　이런 현장에서 일하는 분들의 낮은 처우로 인하여 이직률이 증가하고 이직률의 증가는 서비스 질이 떨어지게 된다. 2019년 시설종사자의 보수는 대한민국 전체의 77%의 수준이다. 시설종사자들의 안전 기준을 강화하고 인건비 및 제반 처우 사항을 증대시켜 주어야 한다. 또한 지방자치단체의 예산과 정책 의지에 따라서 지역종사자 간 임금수준이 차이가 나고 있다. 이에 대한 시정 조치가 있어야겠다.

추가 시설 설치를 원하는 보모님들의 면담 요청 자리

사회복지법인의 전문성과 책임성을 강화하기 위해 정책적으로 지원을 해 주어야 한다.

일하는 사람들이 상처받지 않고 일하는 세상이 왔으면 좋겠다. 아직도 많은 시설종사자는 음지에서 자신들의 신념과 사랑으로 일하고 있다. 그분들의 노고가 아니었다면 과연 대한민국의 복지가 지금 수준에 올 수 있었을까? 이 지면으로나마 전국의 시설 종사 여러분께 머리 숙여 고마움을 전합니다.

"감사하고 사랑합니다."

제주장애인요양원 자원봉사 단체 연합회, 사랑 나눔 단합대회 (2016)

애들아~ 어디 숨어 있니??

요즘 아이들을 좀처럼 볼 수가 없다. 아파트 놀이터에 가도 예전처럼 아이들이 몰려있지 않다. 일반인들은 인구가 감소했거나 아이들이 줄어든 것을 피부로 느끼지 못하고 있다. 하지만 엄청 아이들이 줄고 있다. 실례를 들어보겠다. 10년 전인 2012년에 수능에 응시한 고3 학생은 52만 명이었고 2022년 수능에 응시한 고3 학생은 35만 명이다. 신생아 수를 보면 2012년에는 48만 명이 태어났는데 2022년에는 24.9만 명이 태어났다. 생각하는 것보다 현장에서 느끼는 체감은 심각하다. 현재 일본은 '인구절벽'이라는 표현이 있을 정도로 심각하다. 얼마 전 윤기 삼촌과 나와 함께 알고 지내는 시설 원장들이 함께 저녁을 먹었었다. 이야기를 나누다가 한 원장이 삼촌에게 현재 일본 복지 분야의 가장 큰 문제가 무엇이냐고 물었다. 삼촌은 정말 심각하게 인구 감속이 너무 빠르고 심각해서 일본은 지금 어떤 정책도 펼 수가 없다고 했다.

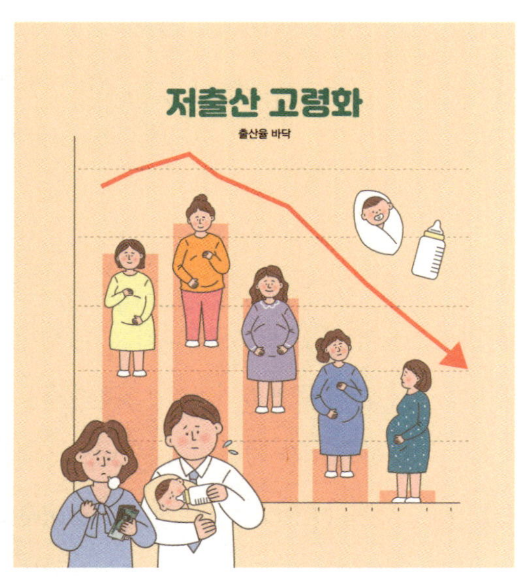

10년 전에 이런 것을 대비해야 한다고 여러 기관에서 경고를 했으나 일본 정부의 대응이 늦었고 지금은 어떻게 손을 쓸 수가 없는 지경이라고 했다. 그러면서 한국도 지금 준비하지 않으면 10년 후에 손을 쓸 수 없는 지경에 이를 것이라는 말을 했다. 우리는 모두 삼촌의 말을 듣고 숙연해졌다.

인구 감소는 단순히 젊은이들의 탓이거나 그들의 문제가 아니다. 우리 사회의 문제이다. 주거, 보육, 교육, 돌봄 서비스에 대한 국가적인 차원의 획기적인 지원이 없는 한 해결

책은 보이지 않는다. 우리 속담에 '호미로 막을 것을 가래로 막는다.'라는 말이 있다. 지금이 그 시기인 거 같다. 지금은 복지부와 교육부의 돌봄 사업이 분절적으로 시행하고 있다. 비슷한 사업에 연계성이 담보되지 못하고 이용자에게 불편을 주고 있다.

맞벌이 부부의 증가로 프리틴(6~12세) 아동돌봄의 수요가 증가하고 있다. 이제 국가가 책임지고 아이들을 지켜야 한다. 형식적인 저출산 대책이 아니라 국민이 체감하고 실질적으로 도움이 되는 서비스를 제공함으로써 국가의 신뢰회복을 먼저 얻어야 한다고 본다. 그래야 인구 감소의 탈출구가 보일 것이라고 생각한다.

한동안 대기업에서 직장 내 어린이집을 통한 돌봄서비스가 유행하였다. 그러나 이제 시들해져 갔고 오히려 일부 기업은 돌봄서비스의 유지보다 벌금을 택하는 경우가 있다는 뉴스를 접하기도 했다. 나는 돌봄서비스가 특정한 곳에 제한적으로 제공되는 것보다 지역 단위로 돌봄체계를 강화하는 것이 바람직하다고 보고 있다. 아이들은 우리 모두가 함께 가꾸어야 할 묘목이다.

인구가 줄어서 가구도 안 팔려요

어느 가구점 사장이 직원들과 회의를 하고 있었다. 매출이 매년 감소하자 사장은 직원들에게 불편한 심기를 내보였다. 그러자 한 직원이 말을 했다.

"사장님, 요새는 예전처럼 대가족이 아니고 핵가족입니다. 한두 명이 사는 가구도 많아서 예전처럼 큰 가구가 안 팔립니다."

"그럼 이 사람들아, 작은 가구를 만들어 팔면 되지!!!"
"아하~!"

세상이 변했다. 내가 살던 세상과 지금의 세상이 다르고 또 우리 아이들이 살아갈 세상이 다를 것이다. 현실의 삶은 너무나 빠르게 변해가고 있는데 제도와 법은 너무 늦게 따라오는 것을 볼 수 있다. 특히 복지 분야는 제도와 법에 기반을 두고 시작한 것이 아니라 현장의 필요에 의해서 시행을 먼저 하고 나중에 제도와 법이 따라오다 보니 지금까지도 그 양상은 변한 것이 없다. 현장에서 일을 하다 보면 너무 답답하고 안쓰러울 때가 많다. 일반인들이 생각하는 그런 막연한 돌봄이 아니라 돌봄서비스 사각지대에 있는 돌봄 포기, 학대, 생활고, 간병살인 등이 심각한 사회 문제가 되고 있다. 이러한 긴급을 필요로 하는 순간에 우리는 얼마나 빠르게 대처를 할 수 있을까.

얼마 전 있었던 생활고로 인해 극단적 선택을 한 세 모녀나 일가족의 이야기를 우리는 아직도 기억하고 있다. 잊을 만하면 한 번씩 매스컴에 나오는 영아유기 사건은 또 어떤가. 선진국에 진입한 대한민국에서 그렇게까지 가난한 사람이 있나 싶지만 이건 가난이 아니라 생존에 관한 것이다. 한때 골방에 들어가 나오지 않았던 10대들이 이제 청장년이 되었다. 그들에 대한 돌봄도 이제 사회의 책임이 되어가고 있

다.

긴급한 상황에 대처하기 위해서는 기초돌봄서비스를 사회복지시설이나 민간기관에서 선 이용하고 후 자격심사를 할 수 있도록 관련 법안을 개정해야 한다.

한때 고아가 넘쳐나던 우리 사회는 이제 보편적 돌봄이 요구되고 있다.

반면에 고령 인구는 늘고 있다. 베이비붐 세대의 은퇴가 본격적으로 시작되고 있다. 우리 인구의 14%에 달한다. 환갑

넘은 어느 어르신이 아파트 양로원에 갔는데 젊은 사람이 양로원에 벌써 왔다고 혼이 났다고 한다. 은퇴자의 증가로 우리는 또 새로운 돌봄을 준비해야 한다. 이들에게 적합한 일자리를 제공함으로써 활기차고 건강한 노후를 지켜주어야 한다.

제2의 인생을 펼 수 있는 시니어 창업이라든가 시니어 자원봉사 프로그램을 개발하여 사회 기여 및 사회 참여를 촉진하자.

아이부터 어르신까지 함께 어울릴 수 있는 건강한 사회를 만들기 위해 지금 호미를 들고 서둘러야 한다. 그렇지 않으면 가래로도 막을 수 없는 처지에 이를지도 모른다.

복지의 내일을 그리다

ⓒ 정석왕, 2023

지은이_ 정석왕

발행인_ 이도훈
편집기획_ 유수진, 신지영
교　정_ 김미애
디자인_ 한가윤, 이예은
펴낸곳_ 도서출판 도훈
초판발행_ 2023년 12월 7일

사무실_ 서울시 서초구 법원로3길 19, 2층 W109호
　　　　(서초동, 양지원빌딩)
전　화_ 02) 595-4621, 010-6722-4621
팩　스_ 050-4227-4621
이메일_ flyhun9@naver.com
홈페이지_ www.dohun.kr

ISBN_ 979-11-92346-64-9 03810
정가_ 20,000원

일부 이미지 사진을 사용하였습니다.